【中国人格读库】

国家新闻出版广电总局

培育和践行社会主义核心价值观主题出版重点出版物

陈天华、邹容、方志敏爱国文选

高占祥　主编

董雁南　编

北京时代华文书局

图书在版编目（CIP）数据

陈天华、邹容、方志敏爱国文选 / 董雁南编. -- 北京 ：北京时代华文书局，2015.12（2022.3 重印）
（中国人格读库 / 高占祥主编）
ISBN 978-7-5699-0695-0

Ⅰ. ①陈… Ⅱ. ①董… Ⅲ. ①散文集—中国—近现代 Ⅳ. ①I265

中国版本图书馆 CIP 数据核字（2015）第 300940 号

陈天华、邹容、方志敏爱国文选

CHEN TIANHUA ZOU RONG JI FANG ZHIMIN AIGUO SHIWENXUAN

主　　编 | 高占祥
编　　者 | 董雁南

出 版 人 | 陈　涛
责任编辑 | 邢　楠
装帧设计 | 程　慧　赵芝英
责任印制 | 訾　敬

出版发行 | 北京时代华文书局 http://www.bjsdsj.com.cn
北京市东城区安定门外大街 138 号皇城国际大厦 A 座 8 楼
邮编：100011　电话：010-64267955　64267677
印　　刷 | 三河市嵩川印刷有限公司　0316-3650395
（如发现印装质量问题，请与印刷厂联系调换）
开　　本 | 787mm×1092mm　1/16　印　张 | 9.75　字　数 | 149 千字
版　　次 | 2016 年 1 月第 1 版　印　次 | 2022 年 3 月第 3 次印刷
书　　号 | ISBN 978-7-5699-0695-0
定　　价 | 38.00 元

社会主义核心价值观与中国人格

周殿富

社会主义制度在中国已经建立了六十余年，而我们党则在本世纪初叶提出了培育弘扬社会主义核心价值观的重大课题，显然是其来有自。

社会主义的道德风尚在新中国蔚然兴起，曾经那样地风靡于二十世纪中叶。邓小平同志曾经在改革开放中讲过，当年“这种风气不仅是中国历史上从来没有过的，而且受到了世界人民的赞誉”。然而可惜的是，这个在社会主义制度建立与实践中，同步兴起的社会主义道德风尚的成长道路，却是一波四折。半个多世纪以来，它先是与共和国一道遭受了十年“文革”的浩劫；接着便是全党工作重心转移到改革开放进程中，欧风美雨“里出外进”的浸洗濡染；再接着是西方“和平演变”在东欧得手的强烈震荡与冲击；最后又是市场经济中那两只“看不见的手”在搅动着、嬗变着人们的价值取向。至少在国民中出现了价值观上的多层次化，传统美德的弱化，社会道德文明水准的退化，光荣革命传统的淡化，这也许正是中央在本世纪初提出社会主义核心价值观的原因吧。

不管怎么“变”，怎么“化”，当我们回首来时路，却不能不说，中华民族真的很强大，很值得骄傲。人类经历了几千年的文明进程，堪称世界文化之源的“五大文明古国”，其他四大古国文明都已被历史淘汰灭亡，只有中国成了唯一的延续存在。近现代即使那般的积贫积弱，被西方列强豆剖瓜分、弱肉强食，想亡我中华都不可能，就连最强大的美帝国主义，最凶残的日本军国主义都成为我们的手下败将，而且打出了一个新中国，且跨过整整一个历史阶段，直接进入了社会主义。西方敌对势力几十年不遗余力地对新中国百般围剿，“冷战”“热战”“和平演变”手段用尽，连如此强大的前苏联乃至整个苏东阵营都被瓦解了，而社会主义的旗帜仍旧在960万平方公里的土地上高高飘扬，而且昂首挺胸地屹立在世界的东方，中国真的是太强大了。几十年来的瞩目成就，竟然令西方发出了“中国威胁论”。你管他别有用心也好，言过其实也好，总比让别人说我们是“瓷器”，是“东亚病夫”好吧？1840~1949年的一百零九年间，中国尽受别人的欺负、“威胁”了，我们也能让那些昔日列强有点“威胁感”，又有什么不好？更何况这是他们自己说的啊！我们并没吹嘘，也没有去做。几千年来我们侵略过谁呢？“反战”“非攻”“兼相爱，交相利”，中国古有墨子，近有周恩来、邓小平同志。这也是中华民族固有传统美德的延续吧！

生于忧患，死于安乐，这也当是中华民族的一个传统美德吧？几十年来尽管中国如此繁荣兴旺，但从邓小平生前一直到党的“十八大”以来，无论哪一届中央领导集体，从来都没有忘记过国之忧患。忧在何处，患在何处呢？

二十世纪八十年代末，邓小平同志曾经在半年的时间内四次提到：中国改革开放十年最大的失误在教育，在“对青年的政治思想教育抓得不够”“对人民的教育不够”，足见他的痛心疾首。他晚年时又提到了“国格”与“人格”的问题，讲道：“谈到人格，但不要忘记还有一个国格。特别是像我们这样第三世界的发展中国家，没有民族自尊心，不珍惜自己民族的独立，国家是立不起来的。”

（精装版《邓小平文选》第3卷331页。）

人们很少注意到邓小平的这一段话，但邓小平恰恰是在这里把“国格”“人格”提升到了事关“立国”的高度。

那么，什么是我们社会主义的“国格”呢？邓小平讲得很明白：“民族自尊心”“民族的独立”。

新中国一路走来，我们最大的尊严便是完全靠“自力”，靠“艰苦奋斗”，而达“更生”之境。对西方敌对势力的“冷战”“热战”“和平演变”，我们何曾有过屈服？也正是在这一前提下，我们才有真正的“民族独立”。这就是我们的国格。那么什么是我们中国人的人格呢？邓小平同志在这里没有讲，但他在1978年4月22日召开的全国教育工作会议上的讲话中，在讲到我们的教育培养目标时，至少提到与社会主义人格相关的各个方面：革命的理想，共产主义的品德，勤奋学习，严守纪律，艰苦奋斗，努力上进，爱祖国，爱人民，爱劳动，爱科学，爱护公共财产，助人为乐，英勇对敌，集体主义精神，专心致志地为人民工作，等等。这里的哪一条不属于社会主义人格的范畴呢？

2006年党的十六届三中全会，第一次提出了“建设社会主义核心价值体系”的历史性命题和战略任务。2007

年，胡锦涛同志在“6·25”讲话中又具体提出这个“体系”包括四个方面的内容：①马克思主义的指导思想；②中国特色社会主义共同理想；③以爱国主义为核心的民族精神和以改革创新为核心的时代精神；④社会主义荣辱观。这四个方面，一是信仰，二是理想，三是精神，四是道德文明，哪一个不在社会主义人格的范畴之内呢？党的十七届六中全会又提到了社会主义核心价值体系是“兴国之魂”。

2012年11月，在党的“十八大”上又用“三个倡导”把社会主义核心价值观概括为十二项：①倡导富强、民主、文明、和谐；②倡导自由、平等、公正、法制；③倡导爱国、敬业、诚信、友善。而且中办文件又把这“三个倡导”分为三个层面：第一个“倡导”的四项，是国家层面的价值目标；第二个“倡导”的四项，是社会层面的价值取向；第三个“倡导”的四项，是公民个人层面的价值准则。实际上前两个“倡导”的八项都是属于“国格”范畴，而第三个“倡导”是属于“人格”范畴。

那么，我们怎样才能在前面讲到的那些历史嬗变中培育建构起这个“核心价值观”呢？中共中央政治局的第十三次集体学习，似乎很明确地回答了这个问题。

新华社北京2014年2月25日电讯称：中央政治局在2月24日，以弘扬社会主义核心价值观，弘扬中华传统美德为内容，进行了集体学习，习近平总书记在主持学习时强调：

培育和弘扬社会主义核心价值观必须立足中华优秀传统文化。牢固的核心价值观，都有其固有的根本。抛弃传统、丢掉根本，就等于割断了自己的精神命脉。博大精深的中国优秀传统文化是我们在世界文化激荡中落稳脚跟的根基。中华文化源远流长，积淀着中华民族最深层的精神追求，代表着中华民族独特的精神标识，为中华民族生生不息、发展壮大提供了丰厚滋养。中华传统美德是中华文化精髓，蕴含着丰富的思想道德资源。不忘本来才能开辟未来，善于继承才能更好创新。对历史文化特别是先人传承下来的价值理念和道德规范，要坚持古为今用、推陈出新，有鉴别地加以对待，有扬弃地予以继承，努力用中华民族创造的一切精神财富来以文化人，以文育人。

习近平总书记的这段论述相当精辟，对于如何培育建构社会主义核心价值观问题从四个方面剀切明白。

第一，他明确指出要在中华优秀传统文化的基础上，来构造我们的社会主义核心价值观，而不能割断历史。这一条十分重要，否则我们便会失去我们的本来面目，便会成为无源之水，也就无法走向未来。

第二，指出了中华传统美德是中华文化精髓，蕴含着丰富的思想道德资源。这就为我们揭示了社会主义核心价值观，要以弘扬优秀的中华传统美德为基础。

第三，他指出，对传统文化在扬弃中继承，在继承中创新。这就是说，社会主义核心价值观的内涵，既要有优良传统的文化精神，也要有时代精神，是二者的有机结合。

第四，他指出要用中华民族创造的一切精神财富，来化人育人。这就是说，弘扬中华民族文化，并不只是传承儒学那些道统，而是要弘扬全民族共创的优秀传统文化。同时也就是说，培育、弘扬社会主义核心价值观的根本目的是化民、育人。

尤其值得瞩目的是，习近平总书记在这次讲话中提到了一个“中华民族独特的精神标识”问题，而在同年的全国组织部长会议上又提出我们再也不能以GDP论英雄的思想。让人欣慰的是，思想道德文化建设终于被提升到一个民族的标识地位，这至少表明中国人的思想观念，并不落伍于世界潮流。

并不受人欢迎的亨廷顿生前给他的祖国提出的警示忠告，竟是如何弘扬他们没有多少历史和文化的“传统文化”：“盎格鲁新教精神——美国梦”，以此为国家的“文化核心”问题。他讲道：“在一个世界各国人民都以文化来界定自己的时代，一个没有文化核心而仅仅以政治信条来界定自己的社会，哪有立足之地？”所以，他提醒他无限忠于的祖国，一定要巩固发扬他们自入居北美以来，在新教精神基础上形成的“美国梦”理念的“文化核心”地位，这样才能消解这个国家的民族与文化双重多元化的危机。为此，他甚至预言美国弄不好会在本世纪中叶发生分裂。而且他公开预言不列颠大英帝国也会因民族与文化多元化的问题，导致在本世纪上半期发生分裂。

西方的一些专家学者们也十分强调国家民族文化的地位问题，柏克说：“全世界的人根据文化上的界限来区分自己。”丹尼尔同样说：“保守地说，真理的中心在于，对一个社会的成功起决定作用的是文化，而不是政治。开明地说，真理的中心在于，政治可以改变文化，使文化免于沉沦。”这些语言也可能有它们的局限性与某种非唯物性，但至少可以让我们看到那些发达的资本主义国家在想什么，至少与马克思主义经典作家们，关于意识形态并不总是消极被动地接受它的经济基础的论断并不相悖。

中国显然具有世界上最悠久的民族文化，同时显然也拥有世界上最强大的政治优势。新中国包括它直接进入社会主义的经济形态，以及其后的一次次经济变革，哪一次不是靠政治力量在强力推动呢？它当然同样拥有让我们几千年的民族文化“免于沉沦”的能力。有学人认为我们的民族文化早就被以往一次次的历史性灾难割裂了，这个看法显然都是毫无道理的。但我们当下却确实面临着“两个传统”失传失统的危险。中国的传统文化与优秀的民族美德，在当代国民中还有多少传承？老一代中国共产党人用生命与鲜血铸就的光荣革命传统，在党内还有多少“光大”？我们现在全民族的“核心文化”到底在何处？“社会主义核心价值观”的提出不仅符合世界潮流，也是使我们优秀的民族文化得以传承而不发生历史断裂的根本保证。富和强永远都不是一个民族的标志，哪个国家不可以富，不可以强？但能代表中国“这一个”本来面目，具有自己民族特色的，唯有中华民族的文化，能代表中国人形象的只有中国独具的道德人格。什么是人格？人格就是原始戏剧中不同角色的本来面目。

综上所述，我们是不是可以这样认为，社会主义核心价值观应内含如下的成分：中华民族传统文化中的优秀传统美德；中国人民近现代反帝反侵略反封建的爱国主义、斗争精神与中国共产党领导下形成的几十年光荣革命传统；中国化了的马克思主义有中国特色社会主义的共同理想；与“中国梦”远大目标相适应的时代精神。由这些内涵构成的社会主义核心价值观，用它来干什么呢？用习近平总书记的话来说就是“化人”“育人”，把它再具体化一下，无非是打造能体现中华民族特色，代表中国形象的国格、人格。在思想道德层面上，一个国家的民族精神也只有在人的身上才能体现，所以我们依据社会主义核心价值观的基本要求，针对当代青少年的实际情况，策划了《中国人格读库》这样一套大型系列选题。

本套书承蒙全国少工委、中华文化促进会、团中央中国青年网三家共同主办推广，并积极提供书稿。难得高占祥老前辈热情出任该套书的编委主任，且高占祥同志不辞屈就加盟主创作者队伍。一些大学、中学教师与青年作者也积极加盟此套书的编写。该选题被国家新闻广电出版总局列为2014年全国社会主义核心价值观重点选题，在此一并鸣谢。

希望本套书的出版能为社会主义核心价值观的培育与弘扬，为促进青少年的道德人格养成起到积极的作用。欢迎广大读者与作家对不足之处批评教正，多提宝贵建议与指导意见。

谨以此代出版前言并序。

二〇一四年十月

于北京时代华文书局

目录

猛回头

陈天华

序

俺也曾，洒了几点国民泪；俺也曾，受了几日文明气；俺也曾，拨了一段杀人机；代同胞愿把头颅碎。俺本是如来座下现身说法的金光游戏，为甚么有这儿女妻奴迷？俺真三昧，到于今始悟通灵地。走遍天涯，哭遍天涯，愿寻看一个同声气。拿鼓板儿，弦索儿，在亚洲大陆清凉山下，唱几曲文明戏。

纪元二千四百五十五年，群学会主人书。

大地沉沦几百秋，烽烟滚滚血横流。伤心细数当时事，同种何人雪耻仇？我家中华灭后二百余年，一个亡国民是也。幼年也曾习得一点奴隶学问，想望做一个奴隶官儿，不料海禁大开，风云益急，来了什么英吉利、法兰西、俄罗斯、德意志，到我们中国通商，不上五十年，弄得中国民穷财尽。这还罢了，他们又时时的兴兵动马，来犯我邦。他们连战连胜，我国屡战屡败，日本占了台湾，俄国占了旅顺，英国占了威海卫，法国占了广州湾，德国占了胶州湾，把我们十八省都画在那各国的势力圈内，丝毫也不准我们自由。中国的官府好像他的奴隶一般，中国的百姓，好像他的牛马一样。又有那一班传教的教士，如狼似虎，一点儿待他不好，使办起教案来，要怎么样，就怎么样。我中国虽说未曾瓜分，也就比瓜分差不多了。那时我们汉人中有一班志士，看见时势不好，热心的变法，只想把这国势救转来。那里晓得这满洲政府，说出什么“汉人强，满人亡”的话儿，不要我们汉人自己变法，把轰轰烈烈为国流血的大豪杰谭嗣同六个人一齐斩了。其余杀的杀，走的走，弄得干干净净，只有那满人的势力。不上两年工夫，出了一个义和团。这义和团心思是很好的，却有几件大大的不好处，不操切实本领，靠着那邪术。这邪术乃是小说中一段假故事，那里靠得住？所以撞着洋人，白白的送了性命。兼且不分别好丑，把各国一齐都得罪了。不知各国内，也有与我们有仇的，也有与我们无仇的，不分别出来，我们一国那里敌得许多国体？我们虽然恨洋人得很，也只好做应敌的兵，断不能无故挑衅。说到那围攻公使馆，烧毁大主堂，尤为无识。自古道：两国相争，不斩来使。我无故杀他的使臣，这是使他有话说了。我们要杀洋人，当杀那千军万马的洋人，不要杀那一二无用的洋人。若他们的军马来，你就怕他，他们的商人教士，你就要杀害他，这是俗话所谓谋孤客，怎么算得威武呢！义和团不懂这个道理，所以弄出天大的祸来，把我们中国害得上不上、下不下，义和团真真是我们中国的罪人了。当时那一班顽固的大臣，满怀私意，利用这义和团。等到八国兴兵问罪，束手无策，弃了北京，逃往陕西，不顾百姓的死活。可怜北京一带，被八国杀得尸体遍野，血流成河，足足杀了数百万。俄国乘势占了东三省，无故的把六千人赶入黑龙江。列位！你道好惨不好惨！可惜我们这无耻无能的中国人，大家扯了八国顺民旗，迎接八国的兵马进城。还有那丧尽天良的，引着八国的人奸淫掳掠，无所不至。咱家说到此处，喉咙也硬了，说也说不出来。只恨我无权无力、不能将这等自残同种的混帐忘八蛋千刀万段，这真真是我的恨事啊！列位！你道各国占了北京，怎么不就把这中国实行瓜分呢？原来各国像貌不同，言语不通，兼且离我中国很远，那里有许多人镇服我们？不如留着这满洲的政府代他管领，他们又管领这满洲的政府。汉人做满人的奴隶，是做惯了的，自然安然无事。我们是奴隶的奴隶，各国是主人家的主人家，何等便当？岂不比这实行瓜分，要自己费力的好得多吗？果然这满洲的政府感激各国了不得，从前赔款数次，差不多上十万万了，此次赔各国的款连本带息，又是十万万。我们就是卖儿卖女也是出不起来的！又自己把沿海的炮台削了，本国的军营，请各国来练；本国的矿产，让各国来开；本国的铁路，听各国来修。还有那生杀用人的权柄，都听各国指挥。列位！你看满洲的政府，只图苟全一己，不顾汉人永世翻不得身，件件依了洋人的，你道可恨不可恨？我们若不依他的，他就加以违旨的罪，兴兵剿洗，比草芥也比不上。十八省中愁云黯黯，怨气腾霄，赛过十八层地狱。他又见从前守旧的惹出祸来，才敷衍行了一段新政，不过是掩饰人的耳目。他且莫讲，京城修一个大学堂，要费三十万银子，政府说费用大了，至今未修。皇太后复修颐和园数千万银子也办出来了。每年办陵差，动辄数百万，亦是有的。独有这三十万，难道说寻不出呢？我们百姓家里要一个钱买水吃也没有，去年荣禄嫁女，他的门房得门包三十二万。这银子是那里来的？都是那贪官剥削我们的脂膏，献与荣禄的。荣禄之外，还有那太监李连英，皇太后最信用他，最相好的，他的家财比荣禄多了十倍。当今的官府，多半是他的门生小门生。列位！你看这个情形，中国还保得住吗！到了今年，俄国就要把东三省实归他有了，法国也要这广西省，中国若准了他两国，这英国少不得就要长江七省，德国少不得就要山东、河南，日本少不得就要福建、浙江，还有那一块是我们的？我想这政府是送土地送熟了的，不久就是拱手奉纳。我们到了那个时节，上天无路，入地无门，还有什么好处呢！自家想到此际，把做官的念头丢了，只想把我们的同种救出苦海。无奈我们的同胞沉迷不醒，依然歌舞太平，大家自私自利，全无一点团结力，真真是火烧到眉毛尖子上，尚不知痛。好叹呀！自家闲下无事，编成了几句粗话，叫做《猛回头》。列位若不厌烦，听咱家唱来，消消闲好么？

拿鼓板，坐长街，高声大唱；尊一声，众同胞，细听端详：我中华，原是个，有名大国；不比那，弹丸地，僻处偏方。论方里，四千万，五洲无比；论人口，四万万，世界谁当？论物产，实是个，取之不尽；论才智，也不让，东西两洋。看起来，那一件，比人不上；照常理，就应该，独称霸王。为什么，到今日，奄奄将绝；割了地，赔了款，就要灭亡？这原因，真真是，一言难尽；待咱们，细细数，共做商量。五千年，我汉人，开基始祖；名黄帝，自西北，一统中央。夏商周，和秦汉，一姓传下；并没有，异种人，来做帝皇。这是我，祖宗们，传留家法；俺子孙，自应该，永远不忘。可惜的，骨肉间，自相残杀；惹进了，外邦人，雪上加霜。到晋朝，那五胡，异常猖獗；无非是，俺同种，引虎进狼。自从此，分南北，神州扰乱；到唐朝，裁平定，暂息刀枪。到五季，又是个，外强中弱；俺同胞，遭杀戮，好不心伤。宋太祖，坐中原，无才无德；复燕云，这小事，尚说不适。难怪他，子孙们，懦弱不振；称臣侄，纳贡品，习以为常。那徽宗，和钦宗，为金捉去；只岳飞，打死仗，敌住虎狼。朱仙镇，杀得金，片甲不返；可恨那，秦桧贼，暗地中伤。自此后，我汉人，别无健将；任凭他，屠割我，如豕如羊。元鞑子，比金贼，更加凶狠；先灭金，后灭宋，锋不可当。杀汉人，不计数，好比瓜果；有一件，俺说起，就要断肠。攻常州，将人膏，燃做灯亮；这残忍，想一想，好不凄凉。岂非是，异种人，原无恻隐；俺同胞，把仇雠，认做君王。想当日，那金元，人数极少；合计算，数十万，有甚高强！俺汉人，百敌一，都还有剩；为什么，寡胜众，反易天常？只缘我，不晓得，种族主义；为他人，杀同胞，丧尽天良。他们来，全不要，自己费力；只要我，中国人，自相残伤。这满洲，灭我国，就是此策；吴三桂，孔有德，为虎作伥。那清初，所杀的，何止千万；那一个，不是我，自倒门墙！

列位！你看中国数千年来，只有外国人杀中国人，断没有中国人杀外国人的；只有外国人到中国做皇帝，断没有中国人往外国做皇帝的。这是什么缘故？因中国地方大得很，人口多得很，大了就不相往来，多了就难于亲热。又不晓得是一个祖宗发出来的，把做别人相看。太平久了，没有祸患来逼迫他，自然是游手好闲，不习武艺。外国地方既小，人口又少，所以最相亲爱，合数十万人为一个人。他们又没有别项出息，全靠着游猎掳掠为生，把武艺做性命，人人都操得好，一可敌十，以攻我这一人，是一个全无气力的中国人，怎么不有胜无败！况且又有我这忘着自己本族的人，替他尽死，怎么不就做了中国的皇帝呢？从前做中国皇帝的，虽然朝代屡易，总是我汉人，总是我黄帝的子孙，只可称之为换朝，算不得灭国。惟有元鞑子灭了中国，后来赖有朱太祖恢复转来了。于今这满洲灭了我中国，难道说我们这些人就不想恢复了吗？俺汉人，想兴复，倒说造反；便有这，无耻的，替他勤王。列位！你道这造反二字，怎么样讲的？他强占了我们的国，我们自己想恢复起来，是正正堂堂的道理，有什么造反！好比那人家有一份产业，被强盗霸去了，到后来这人家的子孙长大了，想要报这个仇，把从前的产业争转来，也可说他是不应该的吗？那人家的子孙，若是有一半倒要帮这个强盗，把自己的亲兄弟杀害了，到那强盗处讨功，这还算得一个人吗？列位！你看这勤王党，岂不是与这个人杀害自己的亲兄弟，到那强盗处讨功的一样吗？列位！列位！这都忍得，还有那一件忍不得的呢！

还有那，读书人，动言忠孝；全不晓，忠孝字，真理大纲。是圣贤，应忠国，怎忠外姓？分明是，残同种，灭丧纲常。转瞬间，西洋人，来做皇帝；这班人，少不得，又喊圣皇。想起来，好伤心，有泪莫洒；这奴种，到何日，始能尽亡？还有那，假维新，主张立宪；略珍域，讲服重，胡汉一堂。这议论，都是个，隔靴搔痒；当时事，全不道，好像颠狂。倘若是，现政府，励精图治；保得住，俺汉种，不遭凶殃。俺汉人，就吞声，隶他宇下；纳血税，做奴仆、也自无妨。怎奈他，把国事，全然不理；满朝中，除媚外，别无他长。俺汉人，再靠他，真不得了！好像那，四万万，捆入法场。俄罗斯，自北方，包我三面；英吉利，假通商，毒计中藏。法兰西，占广州，窥伺黔桂；德意志，胶州领，虎视东方。新日本，取台湾，再图福建；美利坚，也想要，割土分疆。这中国，那一点，我还有分？这朝廷，原是个，名存实亡。替洋人，做一个，守土官长；压制我，众汉人，拱手降洋。

列位！你道现在的朝廷，仍是满洲的吗？多久是洋人的了：列位！若还不信，请看近来朝廷所做的事，那一件不是奉洋人的号令？我们分明是拒洋人，他不说我们与洋人做对，反说与现在的朝廷做对，要把我们当做谋反叛逆的杀了。列位！我们倘不把这个道理想清，事事依朝廷的，恐怕口虽说不甘做洋人的百姓，多久做了，尚不知信。朝廷固然是不可违拒，难道说这洋人的朝廷，也不该违拒么？

俺汉人，自应该，想个计策；为什么，到死地，不慌不忙？痛只痛，甲午年，打下败阵：痛只痛，庚子年，惨遭杀伤。痛只痛，割去地，万古不返；痛只痛，所赔款，永世难偿。痛只痛，东三省，又将割献；痛只痛，法国兵，又到南方。痛只痛，因通商，民穷财尽；痛只痛，失矿权，莫保糟糠。痛只痛，办教案，人命如草；痛只痛，修铁路，人扼我吭。痛只痛，在租界，时遭凌践；痛只痛，出外洋，日苦深汤。

列位！你看洋人到了中国，任是什么下等人，我们官府都要把做上司相看。租界虽然租了，仍是我的地方，那里晓得到了租界内，中国人比禽兽也比不上。一点儿不到，任是什么大官，都要送到工部局治罪。守街的巡捕，比那虎狼还凶些。中国人打死外国人，一个人要完十个人的命，还要革许多的官员，才能结案。外国人打死中国人，他就送往本国去了，中国的官府，半句话也讲不得。上海的西洋人，有一个花园上贴一张字：只有狗与支那人，不准进入！中国人当狗都当不得了！南洋群岛一带，以及美洲、澳洲，中国有二三百万人，在那里做苦工营生，那洋人异常妒忌，每人上岸就要抽五十圆的税，每年还有种种的税，少不如他们的意，他就任意打死。有一个地方，号做檀香山，有中国万多人的街，病死一个妇人，也是常事，那洋人说是疫死的，怕传染他们外国人，就放火把这街全行烧了。这街的人不敢做声，大家都到那河边树下居住。列位！你道伤心不伤心？那洋人看见中国的人，仍来他国不止，又想一个法子，上岸的时候，不能写五十个洋字的，不准上岸；把五十圆的身税，加至五百圆。其余的辣手段，都高涨了，差不多中国人不能有一个配出洋的。这一条苦生路，都将没有，还有别项生路吗？中国尚未为洋人所瓜分，已到这个情形，等到他们瓜分中国之后，他还准我们有一碗饭吃吗？怕只怕，做印度，广土不保；怕只怕，做安南，中兴无望。列位！你道印度这大的地方，怎么灭的？说来真是好笑。三百年前，英国有几个商人，集十二万小小的公司，到印度通商，不上百年，这公司的资本就大了。到乾隆年间，这公司的一个书记，叫做克雷飞的，生得有文武全才，他就招印度人为兵，就印度地方筹饷，把印度各国全行灭了，归他公司管辖。列位！你道希罕得很罢？这印度是出佛、菩萨的国，其地方比中国小不得几多，其人口也有中国四分之三，为什么被英国一公司所灭？不晓得是印度人自己灭的，全不要英国费力，怎么怪得英国！我们中国人，和这印度人，好像是一槽水冲出来的。英国在我国的势力，比当初在印度大得多。列位！试想一想，我们今日骂印度人，恐怕印度人就要骂我了：安南的越南国，从前是进贡我中国的，和云南广西隔界，有中国三省地方之大，光绪十年，为法国所灭。这安南国王仍有个皇帝的空号，只没有权柄，受气不过，悔恨而死。临死的时候，叫道：欧洲人惹不得。呜呼！晚了！

怕只怕，做波兰，飘零异域；怕只怕，做犹太，没有家乡！

列位！道这波兰是一个什么国？数百年前，他也是欧洲一个最著名的大国，后来内政不修，贵族当权，上下隔绝，遂为那俄罗斯、德意志、奥大利三国瓜分了。俄罗斯所得的地方更大，那暴虐的政府，真是笔不能述。波兰的人民，受虐不过，共起义兵，恰好有了基础，那贪生怕死的贵族，甘心做外族的奴隶，替俄人杀戮同胞。正如我国太平王起义兵，偏偏有这湘军替满洲平定祸乱。那俄人得此势力，遂乘势把波兰人杀死大半，其余杀不尽的，不准用波兰的语言，和波兰的文字，波兰的教门，一切都要用俄罗斯的。四处有俄罗斯的兵，波兰人一言一动，都不能自由。又把这贵族富户以及读书的人，都用囚笼囚了，送往那常年有雪的西伯利亚，共数三万，每一队有兵一队押送。起程之际，各人都舍不得自己的安乐家乡，抱头大哭，天昏地暗，就使铁石人听了、也应掉下泪来：独有这如狼似虎的兵卒、不管你舍得舍不得，不行的用鞭子抽。顷刻间，血肉横飞，死了无数。有一个妇人抱着孩子啼哭，那兵卒从怀中抢去，掷出数丈之外，那孩子口含馒头，遂跌死了。那妇人心如刀割，亦就抢死在地。一路之上，风餐露宿，忍饥受打，足足行了数月，方到彼处，已只救得三分之一。满目荒凉，凄惨万状，回想前日的繁华，真如隔世，都是梦也做不到的。那波兰人到此地步，思想早知如此，何不同那国民军共杀异族？纵然战死疆场，也落得个干干净净，何至此受苦，真个悔之无及。列位！这岂非是波兰人自作自受吗？至若犹太国，更与波兰不同，是数千年前一个名国，那耶酥即生在这个地方，其人最是聪明，文章技艺，件件俱精。尤善行商，只因行为卑鄙，没有政治思想，张三来也奉他做皇帝，李四来也奉他做君王。谁晓得各国只要土地，不要人，把犹太人逐出在外，不准在本地居留。可怜犹太人东奔西窜，无家可归，纵有万贯家财，也是别人的。即具绝顶才学，也无用处。各国都见他是一个无国的人，不把做个人相看，任意欺凌：今年俄罗斯有一个地方，住有数千犹太人，素安本分，近日俄人失掉了一个小孩子，哄传是犹太人杀了祭神，聚集多人，把犹太人的房屋放火烧了。犹太人也有自投河的，也有自吊梁的，其余的被俄人或砍其手，或断其足，或把身体支分节剖，又将小儿掷在空中，用刀承接，种种残虐，惨无天日。那俄国的官府，不但不禁，反赞道应该如此；俄国的绅士以及传教士，都坐马车往观，以为笑乐。列位！试想一想，人到没有国的田地，就是这个模样，那一国不是俄罗斯？那一个不是犹太人？好叹呀！好怕呀！

怕只怕，做非洲，永为牛马；怕只怕，做南洋，服事犬羊。

列位呵！莫道中国地是很大，人是很多，任从洋人怎么样狠，终不能瓜分中国。这非洲也就不小了，天下五大洲，亚细亚洲最大，第二就是非洲，人口也有二万万，只蠢如鹿豕，全不讲求学问，欧洲各国，遂渐渐把他的地方瓜分了。又将人口掳回，叫他做最粗的工，好比牛马一样。西洋人看待此处的人，如草芥一般，享福的是西洋人，受苦的是此处人。这是何故？都缘其人概不读书，愚蠢极了，所以受制于人。你看中国的人，有本领有知识的有几个，就是号称读书的人，除了且、夫、若、曰几个字外，还晓得什么？那欧美各国以及日本，每人到了六岁，无论男女都要进学堂，所学的无非是天文、舆地、伦理、化学、物理、算学、图画、音乐，一切有用的学问，习了十余年。还有那陆军、海军、文科、农科、医科、师范各种专门学问。他的极下等人，其学问胜过我国的翰林、进士，所以他造个轮船，我只能当他的水手；他立一个机器厂，我只能当他的粗工；他们安坐而得大利，我们劳动而难糊口。此时大家尚不送子弟讲求切实学问，等到洋人瓜分了中国，一定是不要我们学他的，恐怕是求为牛马都不可得了！

怕只怕，做澳洲，要把种灭；怕只怕，做苗瑶、日见消亡。

列位！你道于今灭国，仍是从前一样吗？从前灭国，不过是把那国的帝王换了坐位，于民间仍是无损。于今就大大的不相同了，灭国的名词叫做民族帝国主义。这民族帝国怎么讲的？因其国的人数太多，本地不能安插，撞着某国的人民本领抵当他不住的，他就乘势占了。久而久之，必将其人灭尽，他方可全得一块地方：非是归服于他，就可无事，这一国的人种不灭尽，总不放手。那灭种的法子，也是不一，或先假通商，把你国的财源如海关等一手揽住，这国的人渐渐穷了，不能娶妻生子，其种自然是要灭；或先将利债借与你国，子息积多，其国永远不能还清，拱手归其掌握；或修铁路于你国中，全国死命皆制在他手；或将你国的矿产尽行霸占，本国的人倒没有份。且西洋人凡灭了一国，不准你的国人学习政治、法律、军事，只准学些最粗浅的工艺，初则以为牛马，终则草芥不如；其尤毒者，则使其国的人自相残杀。那澳洲的土人凶悍不过，英国虽占领此处，也无法可治，最后乃想一个绝好的妙计，土人之中，有自将同类杀害来献者，每一头赏银五角。那土人为着五角银子，纷纷相杀。这人杀了那人，其头又被他人取去，不上几十年的工夫，其人遂没有种了，银子丝毫仍归英人。

列位！你看我们中国的人，为着每月一二两饷银，便甘心为异族杀害同种，岂不与这澳洲的土人一样吗？那西洋人灭人国的法子，那一条没有向中国用过呢？就使不瓜分我们中国，但如此行去，不上百年，我们中国也没有种了。这是何故？你看自通商以来，我们中国的人，不是日穷一日么？每年因通商要送他四五千万银子，洋烟一项，又要送他无数万，中国就是金山也要用尽。况且近来又添出五六千万两的赔款，那里有这项大款呢？记得我前年在本省省城居住，市上生意尚为繁盛，新年度岁，热闹非常，到了去年因要出这项赔款，倒了多少钱号，及至今年新正，冷淡多了。仅只一年，已是如此，再过二三十年后，可想得吗？洋人在中国的轮船铁路，日多一日，那靠着驾船挑担为生者，再有路吗？洋人在中国的机器织布等局，愈推愈广，那靠着手艺纺织为生者，再用得着吗？这轮船、铁路、机器、织布，最能富国，无奈中国的人，自己不做，甘心送与洋人做，岂非是自寻死路吗？中国的矿产，随便一省，足敌欧洲一国，也都送与洋人，还有那里可生活呢？洋人得了中国的钱，就来制中国的命，英国施于澳洲的手段，又施之于中国。俄国在东三省，英国在威海卫，德国在胶州，法国在广州湾，即招中国人为兵，与小国开起战来，把此等的兵当做先锋。将来各国瓜分中国之后，又不能相安无事，彼此仍要相争，此国驱这省的人，彼国驱那省的人，彼此死的都是中国的人，洋人不过在后做一个指挥官，胜了败了、都与他无涉。各国战争没有休止，中国人的死期，也没有休止。等到中国人杀完了，其实洋人终未动手，仍是中国人杀中国人。人数虽多，不过比澳洲多杀得几年，那里还有种呢！列位不要错认蒙古、满洲灭了中国，中国人种虽当时杀了十分之九，不久又复了原；将来洋人分了中国，也不过是一例。须晓得蒙古、满洲，本国人数很少，中国人数很多，没有中国人，他得一块荒地，有何用处？兼且他是野蛮，我是文明，无一件不将就中国的人，这非他有爱于我，为势所迫，不得不然。那蒙古初得中国的时候，本意要将汉人杀尽，把其地做为牧场，以便畜养牛马。耶律楚材说，不如留之以出租税，是以得免。汉种之不灭，岂不侥幸得很吗？洋人的文明，比中国强得远，他得了中国，除充下等的奴隶，那一项要你这个无用的东西？文明当他不住，他就不杀，也是要灭的。这中国先前的主人翁，岂不是那苗瑶的吗？这十八省哪一处不是他的。我们汉族自西北方来到中国，也与这西洋人自泰西来的差不多：他们战败了，渐渐退出黄河一带，让与我们汉人。又被我们汉人由大江一带把他赶到那闽、广、云、贵等处居住，不久又被我们汉人占了。到了今日，除深山穷谷外，尚有些少苗瑶，其余的平原大地，还有苗瑶的影儿吗？当汉人未来之先，这苗瑶也是泱泱大族。他族内的事情，他也办得井井有条。只因撞着我们这文明的汉族，就如雪见太阳，全不要理他，自行消灭：我汉族对于蒙古、满洲、苗瑶，自然是文明的；对于欧美各国，又是野蛮：倘不力求进步，使文明与欧美并驾齐驱，还有不灭种的理吗？

左一思，右一想，真正危险，说起来，不由人，胆战心惶。俺同胞，除非是，死中求活，再无有，好妙计，堪做主张。

第一要，除党见，同心同德。

列位！我们四万万人都是同胞，有什么党见呢？常言道得好，兄弟在家不和，对了外仇，一根喉咙出气。我看近来也有守旧的，也有求新的，遂闹出多少的意见。其实真守旧是很好的，他的意思，总要守着那祖宗相传的习惯，恐怕讲习时务，就变了外国的模样，我实在佩服得很！但可惜没有到实事上用心去想，不晓得这时务是万要讲的。比如冬天有冬天的事情，夏天有夏天的事情，一点儿都要守那冬天的样子，可行得去吗？

我们从前用弓箭交战，他于今变了洋枪，我还可拿弓箭与他交战吗？我们用手织布，他用机器织布，一人可抵得千人，我又不能禁人不穿洋布，还可不学他的机器吗？凡他种种强过我们的事件，我那一件不要学他的呢？不把他们好处学到手，可抵得住他吗，犹如邻家恃着他的读书人多，武艺高强，银钱广有，欺凌我到极步，我恨他是不消说得的。但任你如何恨他，也是奈他不得，少不得也要送子弟读书习武，将他发财的道理，一切学习，等到件件与他一样，才可报他的仇。这样看来，不想守旧则罢，要想守旧，断断不能不求新了。那真求新的，这守旧的念头也就很重，祖宗旧日的土地失了数百年，仍想争转来，一草一木，都不容外族占去，岂不较那徒守旧的胜得多吗？至若专习几句洋话，到那洋人处当一个二毛子，遂自号求新党，这是汉种的败类，怎么说得是求新呢：那守着八股八韵，只想侥幸得一个功名，以外一概不管，这是全无人心的人，怎么说得是守旧！这两种人都可不讲，只要这真守旧、真求新的会合起来，这利益就很大了。从前只有守旧、求新二党，到了晚近，即求新一党，又分出许多党来。有主张革命的，有主张勤王的，有主张急进的，有主张和平的，有主张陆军的，有主张科学的，比那从前两大党的争竞还急烈一些。不晓得都没有平心去想，革命固是要紧，但那勤王的只是一时见不到，久后一定要变。除非是两军阵前，总不可挟持意气，只可将真理慢慢与他讲明。今日的时势，急进是万不可无，然没有和平一派，一败之后，遂没有人继起了。要把现在的江山，从那虎狼口中抢转来，怎么不要陆军呢？但江山抢转来了，没有科学，又怎么行得去呢？外国人的党派虽多，然大宗旨都是与他国、他族做对，全是为公，并没为私。撞着他国、他族的事件来了，他一国、一族的人同是一个心，并没有两个心。故我等但求莫失这与外族做对的大宗旨，其余下手的方法，也就听各人自便，毫不能相强的。此外又有私立的党会，算来不下数千百起，都不相连络，此处起事，彼处旁观，甚或彼此相仇，也是有的。列位呵！昔日有一个番王，他有十九个儿子，到了临死的时候，把十九个儿子都喊到面前，每人赐一枚箭，叫把一枝箭折断，就折断了，又叫把十九枝箭札合起来，就不能折断半毫。那番王言道："孩儿呵！你们须晓得分开易断，合聚难折。你们兄弟假若一人是一人，别人就不难把你们灭了；你们若是合聚起来，如一个人一般，那一个能灭得你们！"这一十九人听了他父亲的言语，果然国富兵强，没有一目敢小视他：今日无数的外族；都要灭我们这一族，我们四万万人就合做一个，尚恐怕敌他不住，怎么一起是一起的，全不相关？等到各起都灭完了，难道你这一起保得住么？依了鄙人的愚见，不如大家合做一个大党，凡是我汉族的人，无论是为士、为农、为工、为商，都不可丝毫扰害，都要极力保护，不使一个受外族的欺凌，方可对得祖宗住，岂不是大豪杰所做的事吗？

第二要，讲公德，有条有纲。

列位！你看我们中国到这个地步，岂不是大家都不讲公德，只图自利吗？你不管别人，别人也就不管你，你一个人怎么做得去呢！若是大家都讲公德，凡公共的事件，尽心去做，别人固然有益，你也是有益。比如当他人穷困的时候，我救了他；我到了穷困的时候，他又来救我，岂不是自救吗？有一个物件，因不是我的，不甚爱惜，顺便破坏；到我要用那物件的时候，又没有了，岂不是自害吗？我看外国的人，没有一个不讲公德的，所以强盛得很。即如商业一项，诚实无欺，人人信得他过，不比中国人做生意，奸盗诈伪齐生，没有人敢照顾：这商务难道不让他占先吗？

列位！为人即是为己，为己断不能有益于己的。若还不讲公德，只讲自私，不要他人来灭，恐怕自己也是要灭的。

第三要，重武备，能战能守。

列位：今日的世界，什么世界？是弱肉强食的世界。你看于今各国，那国不重武备？每人到了二十岁，就是王子也要当兵三年。不当兵的，任是什么贵族，也没有个出身。这兵的贵重，比中国人的举人、秀才还贵重一些；兵丁的礼信，中国的道学先生多当他不得。平日的操练如临战一般，到了两军阵前，有进无退。若是战死了，都到死者家里庆贺，这家也就不胜荣宠，全无哀戚的心思。假若临阵脱逃，父遂不以为子，妻遂不以为夫。所以极小的国，都有数十万精兵，任凭何等强国都是不怕。不比中国好儿不当兵，好铁不打钉，把兵看得极贱，平时操练一点没有，到开差的时候，妇啼子哭，恐怕就不生还。一路奸淫掳掠，闻风就跑。列位！你看外国的兵是那个样子，中国的兵是这个样子，怎么不有败无胜！若不仿照外国的法子，人人当兵，把积弊一切扫除，真真不可设想了！

第四要，务实业，可富可强。

列位！中国从前把工艺做下等人物看待，那里晓得各国的富强都从工艺来的？于今中国穷弱极了，若没有人做枪炮，何能与外国开战；没有人做一切的机器，何能把通商所失的利权争转来？铁路、轮船、矿务都可以富国，若没有人学习此等的专门，又何以办得呢？列位！你们有子弟的，何不赶紧送出外洋学习实业，不过费一二千金，立刻可以大富，并且有大利于国，何苦而不为呢?

第五要，兴学堂，教育普及。

列位！各国的教育，前已讲明过了，中国此时尚不广兴学堂，真是无从救了。

第六要，立演说，思想遍扬。

列位！演说是开通风气第一要着。三四个人，就要演说一番，要想救国，这是万不可不立的。

第七要，兴女学，培植根本。

列位呵！那女子无才便是德的谬说，真正害人得很。外国女子的学问与男子一样，所以能相夫教子。中国的女子一点知识没有，丈夫、儿子不但不能得他的益，且被他阻挠不少，往往有大志的人，竟消磨于爱妻、慈母。男子半生都在女子手里，女子无学，根本坏了，那里有好枝叶呢?

第八要，禁缠足，敝俗矫匡。

缠足的害，已经多人说了，不消重述。但大难临头，尚不赶紧放足，岂不是甘心寻死吗!

第九要，把洋烟，一点不吃。

洋人害中国的事，没有毒于洋烟的。然而洋人自己不吃，这是怪得洋人吗？吃烟明明有损无益，都不能戒，也就没有话说了。

第十要，凡社会，概为改良。

列位！我们若不把社会一切不好的处大加改变，无论敌不住外族，就是没有外族，又怎么自立呢？外国人好，非是几个人好，乃是全国的人都好。比如一家，只有一两个好人，其余都是无恶不做的，那家怎么能兴呢？列位！照现在的人心风俗，恐怕是万事俱休的景况，可痛呀！

这十要，无一件，不是切紧；劝同胞，再不可，互相观望。

还须要，把生死，十分看透；杀国仇，保同族，效命疆场。

杜兰斯，不及我，一府之大；与英国，战三年，未折锋芒。

何况我，四万万，齐心决死；任凭他，什么国，也不敢当。

看近来，怕洋人，到了极步，这是我，毫未曾，较短比长。

天下事，怕的是，不肯去做；断没有，做不到，有志莫偿。

这杜国，岂非是，确凭确证；难道我，不如他，甘做庸常。

列位呵！你看从前听得洋人二字，心中便焦，恨不将空拳打死他。全不晓得他人怎样强，只恃着我一肚子血气。俺家曾劝道，不要无理取闹，恐怕惹出祸来没有人担任。不意近来一变而为怕洋人的世界，见了洋人，就称洋大人、洋老爷，豫先存一个顺民的意思。列位呵！从前的行为，虽然有一些野蛮，尚有一点勇敢之概。照现在的情形，是做了一次的奴隶不足，又要做第二次的奴隶，真个好哭呀！这也无非因打下几个败阵，遂把洋人看得极重。其实洋人也不过是一个人，非有三头六臂，怎么就说不能敌他？近数年有一段故事，列位听了就不要惧怕那洋人。南阿非利加洲，有一个小小的国、名叫杜兰斯。那国的地方，也有中国数府大，只是人口仅有四五十万，不及中国一县。这国的金矿很多，世界第一个强国英吉利，惯灭人国的，怎么不起了贪心，想要把这国归他管辖？那里晓得杜国人人都是顶天立地的大国民，不甘做他人的奴隶，遂与英国开战。这英国灭过多少的大国，那里有杜国在眼里，不意杜国越战越猛，锋不可当。英国大惊，调各属地的大兵三十万，浩浩荡荡，向杜国进发。可怜杜国通国可当兵的不过四五万人，尽数调集，分头迎敌，足足战了三年，丝毫没有退让：英国晓得万不能灭他，遂与杜国讲和退兵。列位！那英国的属地，比本国大七十六倍，个个是杜兰斯，英国能占得他人一寸地吗？中国的人比杜国多一千倍，英国要灭我中国，照杜国的比例算起来，英国须调兵三万万，相战至三千年，才可与他言和。杜国既然如此，难道我就当不得杜国吗？天下无难事，只怕有心人。这两句话，难道列位未曾听过吗？

要学那法兰西，改革弊政。

列位！你看于今那个不赞道，法兰西的人民享自由的福？

谁晓得他当二百年以前，受那昏君贼官的压制，也与我现在一样。法兰西通国只有中国一二省大，却有十三万家的贵族，都与那国王狼狈为奸，把百姓如泥似土的任意凌践。当明朝年间，法国出了一个大儒，名号卢骚，是天生下来救度普世界的人民的，自幼就有扶弱抑强的志气。及长，著了一书，叫做《民约论》。说道这国家是由人民集合而成，公请一个人做国王，替人民办事，这人民就是一国的主人，这国王就是人民的公奴隶；国王若有负人民的委任，这人民可任意掉换。法国的人，先前把国认做是国王的，自己当做奴隶看待，任凭国王残虐也不敢怨。闻了卢骚这一番言语，如梦初醒，遂与国王争起政来。国王极力镇压，把民党杀了无数，谁知越杀越多，一连革了七八次命，前后数十年，终把那害民的国王、贵族，除得干干净净，建设共和政府，公举一人当大统领，七年一换。又把那立法的权柄归到众议院来了。议员都从民间公举，从前种种虐民的弊政，一点没有；利民的善策，件件做到。这法兰西的人民，好不自由快乐吗？人人都追想卢骚的功劳，在法国京城巴黎为卢骚铸个大大的铜像，万民瞻仰，真可羡呀！

要学那德意志，报复凶狂。

列位呵！有恩不报非君子，有仇不报枉为人。这两句话岂不是我们常常讲的吗？试看我们的仇，一点报了没有？不独没报，有这个报仇的心思没有？这德意志就与我们不同。法国的皇帝名叫拿破仑第一，恃着他的英雄，把德国破残到极步。那德国的皇帝威廉第一，与宰相俾士麦，想报法国的仇，用全国皆兵的制度，人民到了二十岁，即当正兵，三年退为预备兵，到了五十岁，方免役。不上几十年，人人都是精兵。到了咸丰年间，把法国打得大败，拿破仑第一的侄儿拿破仑第三，扯下白旗，向德国投降。又割了七城，及五千兆法兰格，与德国讲和息兵。德国遂做了第一等的强国，岂不真可佩服吗？

要学那，美利坚，离英自立。

列位！你看五洲万国最平等、最自由、称为极乐世界者，岂不是美利坚吗？列位！须晓得这个世界，也不是容易做得来的。这美利坚原是北美洲一块荒土，自前明年间英国有数人前往开荒，自后越来越多。到乾隆时候，有了三百万人。时英国与法国连年开战，兵饷不足，把美利坚的地税加了又加，百姓实在出不起了，向那官府面前求减轻一些，不但不准，反治了多少人的罪。人人愤怒，共约离英自立，公举华盛顿挂帅，与英国一连战了八年。英国奈他不何，只好听其自立一国，公举华盛顿为王。华盛顿坚不允从，说道：岂可以众人辛苦成立的国家，做一人的私产？因定了民主国的制度，把全国分为十三邦，由十三邦公举一人做大统领，四年一任，退任后与平民一样。其人若好，再可留任四年，八年后任凭如何，不能留任。众人公举了华盛顿为大统领，后又做过一任，即住家中为农，终身未尝言功。列位！这岂非是大豪杰、大圣贤的行径吗？美利坚至今仍守此制，人口已有了七千余万，荒地尚有五分之四未开，全国的铁路一十六万里，学堂的费用每年八千余万，其国的人民好像在天堂一般。列位！这美利坚若不是八年苦战，怎么有了今日呢！

要学那，意大利，独自称王。

列位！这意大利从前是一统的大国，后来为奥大利占领，分做无数的小邦，都受奥大利的节制，有多少志士思想恢复，终是不成。前数十年有一个志士，名叫玛志尼！因国为人所灭，终身穿着丧服，著书立说，鼓动全国的人民报仇复国，人人都为他所感动。又有一个兴深明韬略的加波里，智胜天人的加富耳，辅着那撒尔丁王，一统意大利，脱了奥大利的羁绊。于今意大利有人口三千万，海陆精兵五十余万，在欧洲算一个头等的国，岂不是那三杰的功劳吗？

莫学那，张弘范，引元入宋。

列位呵！你看好好一个中国，被那最丑最贱的元鞑子所灭，谁不痛心切齿？那晓得就是枭獍为心的张弘范，带领元兵灭的。这张弘范虽把他千刀万割，也不足以偿其罪。但恐怕于今要做张弘范的正是很多，何苦以一时的富贵，受万古的骂名，也很犯不着。就是要倾倒那满洲，只可由我所为，断不可借外洋的兵，那引虎进狼的下策，劝列位万万莫做。

莫学那，洪承畴，狼心毒肠。

列位呵！奸淫的人见了美貌女子、莫不甘言哄诱。及到了手，又嫌他是不贞的妇女，常存鄙薄的心思。那强盗取人的国，就是这个情形。要他人投降，便以高官厚爵相哄！降了之后，反要说他不忠。比如洪承畴，是明朝一个大学士，督统天下的兵马，征讨满洲，战得大败，满洲把他捉去，其初也有不降的心思，满洲苦苦相劝，他遂变了初节，又做了满洲的阁老，捉拿残明的福王、唐王、桂王，都是他的头功。那里晓得满洲的统帅，个个封王赐爵，独有洪承畴白白亡了明朝的江山，一爵俱无。到了乾隆年间，修纂《国史》，把他放在《贰臣传》第一。列位！那洪承畴死后有知，岂不埋怨当初吗?

莫学那，曾国藩，为仇尽力。

列位呵！当道光、同治年间，我们汉人有绝好自立的机会，被那全无心肝的人，苦为满洲出力，以致功败垂成，岂不是那湘军大都督曾国藩吗？俺想曾国藩为人也很诚实，只是为数千年的腐败学说所误，不晓得有本族、异族之分，也怪他不得。但可怜曾国藩辛苦十余年，杀了数百万同胞，仅得一个侯爵；八旗的人，绝不费力，不是亲王，就是郡王。而且，大功才立，就把他兵权削了，终身未尝立朝，仅做个两江总督，处处受人的挟制，晦气不晦气？若是当日晓得我的世仇万不可不灭的，顺便下手，那天下多久是我汉人的，曾国藩的子孙，于今尚是皇帝；湘军的统领，都是元勋，岂不好得多吗？列位：你道可惜不可惜呢！列位！对于自己不可为满洲杀同胞，对于他人又不可不为同种杀外种。日本与我国在朝鲜国开战、淮军统领叶志超，带领数十个营头，不战而逃，以致朝鲜尽失，又赔日本的款二万万两，台湾割送。中国自此一败，遂跌落到这个地步，岂不是叶志超的罪魁吗？

或排外，或革命，舍死做去，孙而子，子而孙，永远不忘。

这目的，总有时，自然达到；纵不成，也落得，万古流芳。

文天祥，史可法，为国死节；到于今，都个个，顶祝馨香。越怕死，越要死，死终不免；舍得家，保得家，家国两昌。

那蒙元，杀中国，千八百万；那满清，杀戮我，四十星霜。

洗扬州，屠嘉定，天昏地暗；束着手，跪着膝，枉作天殃。

阎典史，据江阴，当场鏖战；八十日，城乃破，清兵半伤。

苟当日，千余县！皆打死仗；这满洲，纵然狠，也不够亡。

无如人，都贪生，望风逃散；遇着敌，好像那，雪见太阳。

或悬梁，或投井，填街塞巷；妇女们，被掳去，拆散鸳鸯。

那丁壮，编旗下，充当苦役；任世世，不自由，赛过牛羊。

那田地，被圈出，八旗享受；那房屋，入了官，变做旗庄。

还要我，十八省，完纳粮饷；养给他，五百万，踊跃输将。

看起来，留得命，有何好处；倒不如，做雄鬼，为国之光。

列位呵！你看蒙元入中国以来，前后共杀人一千八百万，这是有册可考。那未入册的，又不知有几多。假若这一千八百万人，豫先晓得这一死是不能免的，皆起来与他做敌，这蒙元总共只有数十万人，就是十个拼他一个，不过死数百万人，他也没有种了，又怎能灭中国呢？就是满清自明万历以来，日在辽东一带吵闹有数十年之久，所杀的人已不知多少了。自顺治元年到康熙二十二年，共四十年，无一时一刻不是杀汉人。扬州一城，已是八十余万，天下一千六百余城，照此算来，可以想了。现在人口四万万，明朝休养三百年，亦必有了此数。康熙年间查点天下的人口仅二千余万，是二十个只救得一个，其余的小半，是张、李二贼所杀，大半是满洲所杀。列位！你道可惨得很吗？这被杀的人，都不是在阵前杀的，人人都想逃死，各人只顾各人，那满洲杀了这一方，又杀那一方，全没有人抗拒。仅只江阴县有一个阎典史，名叫应元，纠集民兵数百，死守县城。那满洲提大兵二十五万，日夜攻打，应元临机应变，满洲死了无数，直攻打八十日，其城乃破。应元手执大刀，等在巷口血战，所杀的鞑子数百余个，始为满兵所捉。满洲的头目，苦劝其投降，许以王侯之贵，那位阎典史，只是骂不绝口，仍不敢杀他，幽在一寺，半夜间自行死了。一城的男女，都皆战死，无一个降的。满洲自犯中国以来，从未损兵折将，这回死了一王、二贝勒，及兵将十余万。列位：假若人人都是应元，县县都是江阴，那满洲怎能入中国呢？可惜人皆怕死，这一死是万不能免的！杀不尽的妇女，被满洲掳去，任意奸淫，有钱可以赎回，无钱永不相见；丁壮赶往北方，交八旗人为奴，牛马也比不上；如有私逃的人，匿留一晚，就要全家诛戮，往往因一人株连数千家。离北京横直五百里，都圈做八旗的地。从前的业主，赶出本境，房屋一概入官，做为旗庄。此外又要十八省的人，公养他五百万，至今不农、不工，只是坐食汉人。列位！这岂非是可恨之极吗？

这些事，虽过了，难以深讲；恐将来，那惨酷，百倍萧凉。

怎奈人，把生死，仍看不透；说到死，就便要，魂魄失丧。

任同胞，都杀尽，只图独免；那晓得，这一死，终不能让。

也有道，是气数，不关人事；也有道，当积弱，不可轻尝。

这些话，好一比，犹如说梦；退一步，进一步，坐以待亡。

那满人，到今日，势消力小；全不要，惧怕他，失掉主张。

那列强，纵然是，富强无敌；他为客，我为主，也自无妨。

只要我，众同胞，认清种族；只要我，众同胞，发现天良。

只要我，众同胞，不帮别个；只要我，众同胞，不杀同乡。

列位呵！那满洲只有我百分之一，怎么能压制汉人？都因不知汉人是同祖的骨肉，满洲是异种的深仇，倒行逆施，替仇人残害同种，所以满人就能安然坐了二百余年的天下，岂是满人的才能，乃是我汉人愚蠢极了。试问那处的祸乱，不是汉人代他平息的；假若汉人都晓得种族，把天良拿出来，不帮他了，只要喊一声，那满人就坐不稳了。列位！你们也晓得家有家帮，族有族帮，县有县帮，府有府帮，难道说对了外国异族，就没有帮口吗？有人叫列位把自己的兄弟杀死，虽有多少银钱，列位谅不愿的。怎么为着数两银子，就甘心替仇人杀同胞？列位！试自问有良心没有？他要杀人的时候，就叫列位来；他没有人杀，就不要列位了；列位有半点不是，他又叫人来杀列位。列位所吃的粮，虽说是满洲所出，其实他吃的，都是汉人的，那里有粮与你吃？吃汉人的粮，仍杀汉人，列位可想得去吗？列位：若是替同种杀了异种，那个不报你的功劳呢？列位！列位！前此错了，于今可以转来了。至若替那数万里外的西洋人杀害同胞，不消说得，这是万不可行的。

那怕他，枪如林，炮如雨下；那怕他，将又广，兵又精强。

那怕他，专制政，层层束缚；那怕他，天罗网，处处高张。

猛睡狮，梦中醒，向天一吼；百兽惊，龙蛇走，魑魅逃藏。

改条约，复政权，完全独立；雪仇耻，驱外族，复我冠裳。

到那时，齐叫道，中华万岁；才是我，大国民，气吐眉扬。

俺小子，无好言，无以奉劝；这篇话，愿大家，细细思量。

警世钟

陈天华

第一节

长梦千年何日醒，睡乡谁遣警钟鸣？腥风血雨难为我，好个江山忍送人！万丈风潮大逼人，腥膻满地血如糜；一腔无限同舟痛，献与同胞侧耳听。嗳呀！嗳呀！来了！来了！甚么来了？洋人来了！洋人来了！不好了！不好了！大家都不好了！老的、少的、男的、女的、贵的、贱的、富的、贫的、做官的、读书的、做买卖的、做手艺的各项人等，从今以后，都是那洋人畜圈里的牛羊，锅子里的鱼肉，由他要杀就杀，要煮就煮，不能走动半分。唉！这是我们大家的死日到了！

苦呀！苦呀！苦呀！我们同胞辛苦所积的银钱产业，一齐要被洋人夺去；我们同胞恩爱的妻儿老小，活活要被洋人拆散；男男女女们，父子兄弟们，夫妻儿女们，都要受那洋人的斩杀奸淫。我们同胞的生路，将从此停止；我们同胞的后代，将永远断绝。枪林炮雨，是我们同胞的送终场；黑牢暗狱，是我们同胞的安身所。大好江山，变做了犬羊的世界；神明贵种，沦落为最下的奴才。唉！好不伤心呀！

恨呀！恨呀！恨呀！恨的是满洲政府不早变法。你看洋人这么样强，这么样富，难道生来就是这么样吗？他们都是从近二百年来做出来的。莫讲欧美各国，于今单说那日本国，三十年前，没一事不和中国一样。自从明治初年变法以来，那国势就蒸蒸日上起来了；到了于今，不但没有瓜分之祸，并且还要来瓜分我中国哩！论他的土地人口，不及中国十份之一，他因为能够变法，尚能如此强雄。倘若中国也和日本一样变起法来，莫说是小小日本不足道，就是那英、俄、美、德各大国恐怕也要推中国做盟主了。可恨满洲政府抱定一个“汉人强，满人亡”的宗旨，死死不肯变法，到了戊戌年，才有新机，又把新政推翻，把那些维新的志士杀的杀，逐的逐，只要保全他满人的势力，全不管汉人的死活。及到庚子年闹出了弥天的大祸，才晓得一味守旧万万不可，稍稍行了些皮毛新政。其实何曾行过，不过借此掩饰掩饰国民的耳目，讨讨洋人的喜欢罢了；不但没有放了一线的光明，那黑暗反倒加了几倍。到了今日，中国的病，遂成了不治之症。我汉人本有做世界主人的势力，活活被满洲残害，弄到这步田地，亡国灭种，就在眼前，你道可恨不可恨呢？恨的是曾国藩，只晓得替满人杀同胞，不晓得替中国争权利。当初曾国藩做翰林的时候，曾上过折子，说把诗赋小楷取士不合道理，到了后来出将入相的时候，倒一句都不敢说了。若说他不知道这些事体，缘何却把他的儿子曾纪泽学习外国语言文字，却不敢把朝廷的弊政更改些儿呢。无非怕招满政府的忌讳，所以闭口不说，保全自己的禄位，却把那天下后世长治久安的政策，丢了不提，你道可恨不可恨呢？恨的是前次公使随员、出洋学生，不把外洋学说输进祖国。内地的人为从前的学说所误，八股以外没有事业，《五经》以外没有文章，这一种可鄙可厌的情态，极顽极固的说话，也不用怪。我怪那公使随员、出洋学生，亲到外洋，见那外洋富强的原由，卢骚的《民约论》，美国的《独立史》，也曾看过，也曾读过，回国后，应当大声疾呼，喊醒祖国同胞的迷梦。那知这些人空染了一股洋派，发了一些洋财，外洋的文明一点全没带进来。纵有几个人著了几部书，都是些不关痛痒的话，那外洋立国的根本，富强的原因，没有说及一句。这是甚么缘故哩？恐怕言语不慎，招了不测之祸，所以情愿瞒着良心，做一个混沌汉。同时日本国的出洋人员回了国后，就把国政大变的变起来，西洋大儒的学说大倡的倡起来，朝廷若不依他们，他们就倡起革命来，所以能把日本国弄到这个地步。若是中国出洋的人，回国后也和日本一样，逼朝廷变法，不变法就大家革起命来，那时各国的势力范围尚没有如今的广大，中国早已组织了一个完完全全的政府了，何至有今日万事都措手不及哩？唉！这些出洋的人，只怕自己招罪，遂不怕同胞永堕苦海，你道可恨不可恨呢？恨的是顽固党遇事阻挠，以私害公，我不晓得顽固党是何居心？明明足以利国利民的政事，他偏偏要出来阻挠。我以为他不讲洋务一定是很恨洋人的，那里晓得他见了洋人，犹如鼠见了猫一般，骨都软了，洋人说一句，他就依一句。平日口口声声说制造不要设，轮船铁路不要修，洋人所造的洋货，他倒喜欢用；洋人所修的轮船火车，他倒偏要坐。到了于今，他宁可把理财权、练兵权、教育权拱手让把洋人，开办学堂、派遣留学生，他倒断断不可。这个道理，那一个能猜得透哩！呵呵！我知道了。他以为变了旧政，他们的衣食饭碗就不稳了，高官厚爵也做不成了；所以无论什么与国家有益的事，只要与他不便，总要出来做反对，保他目前的利权。灭国灭种的话全然不知，就有几个知道，也如大风过耳，置之不理。现在已到了灭亡时候，他还要想出多少法儿，束缚学生的言论思想行为自由，好像恐怕中国有翻身一日，你道可恨不可恨呢？这四种人到今日恨也枉然了。但是使我们四万万人做牛做马，永世不得翻身，以后还有灭种的日子，都是被这四种人害了。唉！我们死也不能和他甘休的！

真呀！真呀！真呀！中国要瓜分了！瓜分的话，不从今日才有的。康熙年间，俄罗斯已侵入黑龙江的边界；道光十八年，英吉利领兵三千六百人侵犯沿海七省，破了许多城池，到了道光二十二年才讲和，准他在沿海五口通商，割去香港岛（属广东省），又前后赔他银子二千一百万两。从此那传教的禁条也解了，鸦片烟也任他卖了。照万国公法，外国人在此国，必依此国的法律。那时中国和英国所订的条约，英国人在中国犯了罪，中国官员不能惩办他；就是中国人在租界，也不归中国管束，名为租界，其实是英国的地方了。又各国于外国进口的货物，抽税极重，极少值百抽二十，极多值百抽二百，抽多抽少，只由本国做主，外国不能阻他。独有英国在中国通商，值百抽五，订明在条约上面，如要加改，不由英国允许了不可。并且条约中还有利益各国均沾的话，所以源源而来的共有十六国，都照英国的办法。从此中国交涉的事，日难一日，一切利权都任洋人夺去。亡国灭种的祸根，早已埋伏在这个条约里了，可怜中国人好像死人一般，分毫不知。到了咸丰六年，英、法两国破了广东省城，把两广总督叶名琛活活捉去，后来死在印度。咸丰十年，英、美、俄、法四国联兵，把北京打破，咸丰帝逃往热河，叫恭亲王和四国讲和，赔银八百万两，五口之外，又加上了长江三口。以后到了光绪十年，法国占了越南国，后一年英国又占了缅甸国，那中国的势力，越发弱下去了。光绪二十年，日本国想占高丽国，中国发兵往救，连打败仗，牛庄、威海卫接连失守；遂命李鸿章做全权大臣，在日本马关和日本宰相伊藤博文订立和约，赔日本银二万万两，另割辽东（即盛京省）七城，台湾一省。后来俄国出来说日本不应得辽东，叫中国再加银三千万两赎还七城，日本勉强听从。俄国因此向中国索讨谢敬，满洲遂把盛京的旅顺、大连湾奉送俄国。各国执了利益各国均沾那句话，所以英国就乘势占了威海卫，德国在先占了胶州湾，法国照样占了广州湾。（旅顺在盛京省，威海、胶州俱属山东省；以上三处，俱是北洋第一重门户。广州湾属广东省。）那时已大倡瓜分之说；把一个瓜分图送到总理衙门（就是于今的外务部），当时也有信的，也有不信的，但不信的人多得很。到了庚子年义和团起事，八国联兵打破北京，这时大家以为各国必要实行瓜分中国了。不料各国按兵不动，仍许中国讲和，但要中国出赔款四百五十兆（每兆一百万）两，把沿海沿江的炮台拆毁，京师驻扎洋兵，各国得了以上各项利益，遂把兵退了。于是人人都说瓜分是一句假话，乃是维新党捏造出来的，大家不要信他的胡说。不知各国不是不瓜分中国，因为国数多了，一时难得均分，并且中国地方宽得很，各国势力也有不及的地方，不如留住这满洲政府代他管领，他再管领满洲政府，岂不比瓜分便宜得多么？瓜分慢一年，各国的势子越稳一年，等到要实行瓜分的时候，只要把满洲政府去了，全不要费丝毫之力。中国有些人，瓜分的利害全然不知，一丝儿不怕；有些人知道瓜分的利害，天天怕各国瓜分中国。我只怕各国不实行瓜分，倘若实行瓜分了，中国或者倒能有望。这暗行瓜分的利害，真真了不得。果然俄国到今年四月东三省第二期撤兵的时候，也不肯照约撤兵，（庚子年俄国用兵把东三省尽行占了，各国定约叫俄国把东三省退回中国，分做三期撤兵。吉林、黑龙江、盛京叫做东三省，又叫做满洲，是清朝的老家。）提出新要求七款，老老实实，把东三省就算做自己的了。那时中国的学生志士，奔走叫号，以为瓜分的时候又到了。后来英、美、日本三国的公使，不准中国答应俄国七款的要求，俄国借口中国不答应他的要求，就不肯退兵，彼此拖了许多日子。那中国的人见俄国按兵不动，又歌舞太平起来，越发说瓜分的话是假的了。那知俄国暗地里增兵，并且还放一个极东大总督驻扎在东三省，他的权柄，几乎同俄皇一样大小。俄皇又亲到德国，与德皇联盟，法国也和俄国联盟，彼此相约瓜分中国。英、美两国看见德、法都从了俄国，也就不和日本联盟，都想学俄国的样儿。日本势孤无助，不得不与俄国协商，满洲归俄国，高丽归日本，各行各事，两不相管。俄国到此没有别国掣他的肘了，就大摇大摆起来。到了光绪二十九年八月二十八日（1903年10月18日）第一撤兵的期，又违约不退。兵丁从俄国调来的，前后共有十余万，在九月中旬，派兵一千名把盛京省城奉天府占了，把盛京将军增祺囚了，各项衙门及电报局尽派俄兵驻守，东三省大小官员限一月内出境，每人只给洋银一百元，逐家挨户都要挂俄国的旗，各处的团练都要把军器缴出，大车装运的俄国兵每日有数千。于是俄国第一个倡瓜分中国，各国都画了押，只有美国没画押。近来美国也画了押，只有各国的皇帝大统领尚没盖印，极迟不过数月的事了。这个消息，日本报章也不肯载，是从日本外务省的官吏，政党的大员，学堂的教习，私自探听得的，极真极确，并不是诳话。留学生也有不信的，私向日本某舆地学家问他瓜分的事真不真。他答道：“你但问俄国占东三省的事真不真，不要问瓜分的事真不真。俄国占东三省的事倘若不虚，这瓜分的事也一定是实的了。你看德国占了胶州海口，俄国、英国、法国也就照德国的样儿，各占了一个海口。于今俄国占了东三省，请问中国有几块与东三省一样宽的地方？将来分的时候，恐怕还不够分哩！于今还来问真问假，真真不识时务了！”列位，他所说的不是正当不移的道理吗？近来各报章载道，俄国把全国的海军四分之三调到东方，英国照会两江总督魏光焘说，伊国也要照俄国派一个极东大总督驻扎江宁，长江七省重要的地方，都要修筑炮台，驻扎重兵，限四日内回信。又称英国已派兵到西藏，由西藏取四川，做首尾并举之计。德国在胶州的工厂，昼夜加工，预备开战。日本把兵尽调到台湾，法国把在越南的兵尽调到广西边界。于今好比火线相连，只要一处放火，就四处响应，遍中国二十二行省，都如天崩地坼一般，没有一块干净土了。好险呀！好怕呀！火烧到眉毛边了，还不知痛，真真是无知觉的蠢东西，连禽兽还不如哩！

痛呀！痛呀！痛呀！你看中国地方这么样大，人口这么样多，可算是世界有一无二的国度了，那里晓得自古至今，只有外国人杀中国人的，断没有中国人杀外国人的，这是甚么缘故呢？因为中国人不晓得有本国的分别，外国人来了，只有稍为比我强些，遂拱手投降，倒帮着外国人杀本国人，全不要外国人费力。当初金鞑子、元鞑子在中国横行直走，没有一个敢挡住他。若问他国实在的人数，总计不及中国一县的人，百个捉他一个，也就捉完他了。即如清朝在满洲的时候，那八旗兵总共止有六万，若没有那吴三桂、孔有德、洪承畴一班狗奴才，带领数百万汉军，替他平定中国，那六万人中国把他当饭吃，恐怕连一餐都少哩！到后来太平天国有天下三分之二，将要成功，又有湘军三十万人，替满洲死死把太平天国打灭，双手仍把江山送还满洲，真个好蠢的东西呀！可恨外洋各国，也学那满洲以中国人杀中国人的奸计，屡次犯中国，都有中国人当他的兵，替他死战。庚子年八国联兵，我以为这次洋兵没有百万，也应该有几十万，谁知统共只有二万，其余的都是中国人。打起仗来，把中国人排在前头，各国洋兵奸淫掳掠，中国人替他引导。和局定了，各国在中国占领的地方，所练的兵丁，大半是中国人，只有将领是洋人。东三省的马贼很多，俄国尽数招抚，已有一万二三千人。这些马贼，杀人比俄兵还要凶悍些。俄国又在东三省、北京一带，招那中国读书人做他的顾问官，不要通洋文，只要汉文做得好，已有许多无耻的人去了，巴望做洪承畴一流的人物。将来英国在长江，德国在山东，日本在福建，法国在两广，一定要照俄国的样儿来办。各省的会党兵勇尽是各国的兵丁，各省的假志士、假国民尽是各国的顾问官；其余的狗奴才，如庚子北直的人，一齐插顺民旗，更不消说了。各国不要调一兵，折一矢，中国人可以自己杀尽。天呀！地呀！同胞呀！世间万国，都没有这样的贱种！有了这样的贱种，这种怎么会不灭呢！不知我中国人的心肝五脏是什么做成的，为何这样残忍？唉！真好痛心呀！

耻！耻！耻！你看堂堂中国，岂不是自古到于今，四夷小国所称为天朝大国吗？为什么到于今，由头等国降为第四等国呀？外洋人不骂为东方病夫，就骂为野蛮贱种，中国人到了外洋，连牛马也比不上。美国多年禁止华工上岸，今年有一个谭随员，无故被美国差役打死，无处伸冤。又梁钦差的兄弟，也被美国的巡捕凌辱一番，不敢作声。中国学生到美国，客店不肯收留。有一个姓孙的留学生，和美国一个学生相好，一日美国学生对孙某说道："我和你虽然相好，但是到了外面，你不可招呼我。"孙某惊问道："这话怎讲？"美国学生道："你们汉人是满洲的奴隶，满洲又是我们的奴隶，倘是我国的人知道我和做两层奴隶的人结交，我国的人一定不以人齿我了。"孙某听了这话，遂活活气死了。美国是外洋极讲公理的国，尚且如此，其余的国更可想了。欧美各国，与我不同洲的国，也不怪他。那日本不是我的同洲的国吗？甲午年以前，他待中国人和待西洋人一样。甲午年以后，就隔得远了，中国人在日本的，受他的欺侮，一言难尽哩！单讲今年日本秋季大操，各国派来看操的，就是极小的官员，也有坐位，日本将官十分恭敬。中国派来看操的，就是极大的官员，也没有坐位，日本将官全不理会。有某总兵受气不过，还转客栈，放声大哭。唉！列位！你看日本还把中国当个国吗？外国人待中国人，虽是如此无礼，中国的官府仍旧丝毫不恨他，撞着外国人，倒反恭恭敬敬，犹如属员见了上司一般，唯唯听命，这不是奇事么？租界虽是租了，仍是中国的地方，那知一入租界，犹如入了地狱一般，没有一点儿自由。站街的印度巡捕，好比阎罗殿前的夜叉，洋行的通事西仔，好比判官手下的小鬼，叫人通身不冷，也要毛发直竖。上海有一个外国公园，门首贴一张字道："狗和华人不准入内。"中国人比狗还要次一等哩！中国如今尚有一个国号，他们待中国已是这样；等到他瓜分中国之后，还可想得吗？各国的人也是一个人，中国的人也是一个人，为何中国人要受各国人这样欺侮呢？若说各国的人聪明些，中国的人愚蠢些，现在中国的留学生在各国留学的，他们本国人要学十余年学得成的，中国学生三四年就够了，各国的学者莫不拜服中国留学生的能干。若说各国的人多些，中国的人少些，各国的人极多的不过中国三分之一，少的没有中国十分之一。若说各国的地方大些，中国的地方小些，除了俄罗斯以外，大的不过如中国的二三省，小的不过如中国一省。若说各国富些，中国穷些，各国地面地内的物件，差不多就要用尽了，中国的五金各矿，不计其数，大半没开，并且地方很肥，出产很多。这样讲来，就应该中国居上，各国居下，只有各国怕中国的，断没有中国怕各国的。那知把中国比各国，倒相差百余级，做了他们的奴隶还不算，还要做他们的牛马；做了他们的牛马还不算，还要灭种，连牛马都做不着。世间可耻可羞的事，那有比这个还重些的吗？我们于这等事还不知耻，也就无可耻的事了。唉！伤心呀！

杀呀！杀呀！杀呀！于今的人，都说中国此时贫弱极了，枪炮也少得很，怎么能和外国开战呢？这话我也晓得，但是各国不来瓜分我们中国，断不能无故自己挑衅，学那义和团的举动。于今各国不由我分说，硬要瓜分我了，横也是瓜分，竖也是瓜分，与其不知不觉被他瓜分了，不如杀他几个，就是瓜分了也值得些儿。俗语说的，“赶狗逼到墙，总要回转头来咬他几口。”难道四万万人，连狗都不如吗？洋兵不来便罢，洋兵若来，奉劝各人把胆子放大，全不要怕他。读书的放了笔，耕田的放了犁耙，做生意的放了职事，做手艺的放了器具，齐把刀子磨快，子药上足，同饮一杯血酒，呼的呼，喊的喊，万众直前，杀那洋鬼子，杀投降那洋鬼子的二毛子。满人若是帮助洋人杀我们，便先把贼官杀尽。“手执钢刀九十九，杀尽仇人方罢手！”我所最亲爱的同胞，我所最亲爱的同胞，向前去，杀！向前去，杀！向前去，杀！杀！杀！杀我累世的国仇，杀我新来的大敌，杀我媚外的汉奸。杀！杀！杀！

奋呀！奋呀！奋呀！于今的中国人怕洋人怕到了极步，其实洋人也是一个人，我也是一个人，我怎么要怕他？有人说洋人在中国的势力大得很，无处不有洋兵，我一起事，他便制住我了。不知我是主，他是客，他虽然来得多，总难得及我。在他以为深入我的腹地，我说他深入死地亦可以的。只要我全国皆兵，他就四面受敌，即有枪炮，也是寡不敌众。古昔夏朝有一个少康皇帝，他的天下都失了，只剩得五百人，终把天下恢复转来。又战国的时候，燕国把齐国破了，齐国的七十余城都已降了燕国，只有田单守住即墨一城，到后来终把燕国打退，七十余城又被齐国夺回。何况于今十八省完完全全，怎么就说不能敌洋人呢？就是只剩得几府几县，也是能够独立的。阿非利加洲有一个杜兰斯哇国，他的国度只有中国一府的大，他的人口只有中国一县的多，和世界第一个大国英吉利连战三年，英国调了大兵三十万，死了一半，终不能把杜国做个怎么样。这是眼前的事，人人晓得的，难道我连杜国都不能做得吗？杜国的人，敢把这么样小的国和这么样大的国打仗，这是何故呢？因为杜国的人，人人都存个百折不回的气概，人人都愿战死疆场，不愿做别人的奴隶，所以能打三年的死仗。中国的人没有坚忍的志气，一处败了，各处就如鸟兽散了。须知各国在中国已经数十年了，中国从前一点预备都没有，枪炮又不完全，这起头几阵，一定是要败的。但败得多，阅历也多，对付各国的手段也就精了。汉高祖和楚霸王连战七十二阵，阵阵皆败，最后一胜就得天下。湘军打长毛，当初也是连打败仗，后来才转败为胜。大家都要晓得这个道理，都把精神提起，勇气鼓足，任他前头打了千百个败仗，总要再接再厉。那美国独立，也是苦战了八年才能够独立的。我如今就是要苦战八十年，也应该要支持下去。怎么要胆小！怎么要害怕！这个道理，我实在想他不透。俗语说的，“一人舍得死，万夫不敢挡。”一十八省，四万万人，都舍得死，各国纵有精兵百万，也不足畏了。各国的兵很贵重的，倘若死了几十万，他就要怕中国，不敢来了。就是他再要来，汉人多得很，死去几百万几千万也是无妨的。若是把国救住了，不上几十年，这人口又圆满了。只要我人心不死，这中国万无可亡的理。诸君！诸君！听者！听者！舍死向前去，莫愁敌不住，千斤担子肩上担，打救同胞出水火，这方算大英雄，大豪杰，怎么同胞不想做呢？

快呀！快呀！快呀！我这人人笑骂个个欺凌将要亡的中国，一朝把国势弄得蒸蒸日上起来，使他一班势利鬼，不敢轻视，倒要恭维起来。见了中国的国旗，莫不肃然起敬，中国讲一句话，各国就奉为金科玉律。无论什么国，都要赞叹我中国，畏服我中国，岂非可快到极处吗？我这全无知识全无气力要死不死的人，一朝把体操操得好好儿的，身子活活泼泼，路也跑得，马也骑得，枪也打得，同着无数万相亲相爱的同胞，到了两军阵前，一字儿排开，炮声隆隆，角声呜呜，旌旗飘扬，鼓声雷动，一声喊起，如山崩潮涌一般，冲入敌阵，把敌人乱杀乱砍，割了头颅，回转营来，沽酒痛饮，岂非可快到极处吗？就是不幸受伤身死，众口交传，全国哀痛，还要铸几个铜像，立几个石碑，万古流芳，永垂不朽，岂非可快到极处吗？世间万事，惟有从军最好，我劝有血性的男儿，不可错过这个时代。照以上所说的，列位一定疑我是疯了，又一定疑我是义和团一流人物了。不是！不是！我生平是最恨义和团的。洋人也见过好多，洋国也走过几国，平日极要人学习洋务，洋人的学问，我常常称道的。但是我见那洋人心肠狠毒，中国若是被洋人瓜分了，我汉人一定不得了，所以敢说这些激烈的话，提醒大家，救我中国。但是要达到这个目的，又有十个须知。

第二节

第一须知这瓜分之祸，不但是亡国罢了，一定还要灭种。中国从前的亡国，算不得亡国，只算得换朝（夏、商、周、秦、唐、宋、明都是朝号，不是国号，因为是中国的人。）自己争斗。只有元朝由蒙古（就是古时的匈奴国），清朝由满洲（就是宋朝时候的金国）打进中国，这中国就算亡过二次。但是蒙古满洲的人数少得很，只有武功，胜过汉人，其余一概当不得汉人，过了几代，连武力都没有了，没有一事不将就汉人，名为他做国主，其实已被汉人所化了。所以中国国虽亡了，中国人种的澎涨力，仍旧大得很。近来洋人因为人数太多，无地安插，四处找寻地方，得了一国，不把敌国的人杀尽死尽，他总不肯停手。前日本人某，考察东三省的事情，回来向我说道："那处的汉人，受俄人的残虐，惨不可言！一日在火车上，看见车站旁边，立著个中国人，一个俄国人用鞭抽他，他又不敢哭，只用两手擦泪。再一鞭，就倒在铁路上了。却巧有一火车过来，把这个截为两段，火车上的人，毫不在意。我问道：‘这是甚么缘故呢？’一个中国人在旁答道：‘没有什么缘故，因为俄国人醉了。’到后来也没人根究这事，这中国人就算白死了。一路上中国的人被俄人打的半死半生的，不计其数。虽是疼痛，也不敢哭，倘若哭了，不但俄国人要打他，傍边立的中国人，也都替俄国人代打。倘若打死了，死者家里也不敢哭，倘若哭了，地方官员就要当最重的罪办他，讨俄人的好。路上不许中国人两人相连而行，若有两个人连行，俄国的警察兵，必先行打死一个，恐怕一个俄国人，撞着两个中国人，要遭中国人的报复，所以预先提防。俄兵到一处，就把那处的房屋烧了，奸淫掳掠，更不消讲。界外头的汉人，不准进界，界里的汉人，不准出界。不出三年，东三省的汉人（东三省的人口共有一千六百万，有汉人十分之七），一定是没有了。将来中国瓜分之后，你们中国人真不堪设想了。”照他所说，这等境遇，不是可怕到极处吗？试看英、法、德、美、日本各国，那一国不像俄罗斯，各国瓜分中国之后，又不能相安无事，彼此又要相争，都要中国人做他的兵了。各国的竞争没有了时，中国的死期，也没有了时。或者各国用那温和手段，假仁假义，不学俄国的残暴，那就更毒了！这是何故呢？因为各国若和俄国一样，杀人如麻，人人恐怕，互相团结，拼命死战起来，也就不怕了。只有外面和平，内里暗杀，使人不知不觉，甘心做他的顺民，这灭种就一定不免了。他不要杀你，只要把各人的生路绝了，使人不能婚娶，不能读书，由半文半野的种族，变为极野蛮的种族，再由野蛮种族，变为最下的动物。日本周报所说的中国十年灭国，百年灭种的话，不要十年，国已灭了，不要百年，这种一定要灭。列位若还不信，睁眼看看从通商以来，只有五十年，已弄得一个民穷财尽；若是各国瓜分了中国，一切矿山、铁路、轮船、电线以及种种制造，都是洋人的，中国人的家财，中国人的职业，一齐失了，还可想得吗？最上的做个买办通事，极下的连那粗重的工程都当不得，一年辛苦所得的工资，纳各国的税还不够，那里还养身家？中国的人日少一日，各国的人日多一日，中国人口全灭了，中国的地方他全得了。不在这时拼命舍死保住几块地方，世界虽然广大，只怕没有中国人住的地方了。不但中国人没有地方可以住，恐怕到后来世界上，连中国人种的影子都没有了！

第二须知各国就是瓜分了中国之后，必定仍旧留着满洲政府，压制汉人。列位，你道今日中国还是满洲政府的吗？早已是各国的了！那些财政权，铁道权，用人权，一概拱手送与洋人。洋人全不要费力，要怎么样，只要下一个号令，满洲政府就立刻奉行。中国虽说未曾瓜分，其实已经瓜分数十年了。从前不过是暗中瓜分，于今却是实行瓜分。不过在满洲政府的上，建设各国的政府，在各省督抚的上，建设各国的督抚。到那时，我们要想一举一动，各国政府就要下一个令把满洲政府，满洲政府下一道电谕把各省督抚，各省督抚下一道公文把各府州县，立刻就代各国剿除得干干净净了。“尔等食毛践土，具有天良，当此时势艰难，轻举妄动，上贻君父之忧，殊堪痛恨”的话，又要说了。我们汉人死到尽头，那满洲政府对于汉人的势力，依然还在；汉人死完了，满洲政府也就没有了。故我们要想拒洋人，只有讲革命独立，不能讲勤王。因他不要你勤王，你从何处勤哩？有人说道：“中国于今不可自生内乱，使洋人得间。”这话我亦深以为然。倘若满洲政府从此励精求治，维新变法，破除满汉的意见，一切奸臣，尽行革去，一切忠贤，尽行登用，决意和各国舍死一战，我也很愿把从前的意见丢了，身家性命都不要了，同政府抵抗那各国。怎奈他拿定“宁以天下送之朋友，不以天下送之奴隶”的主见，任你口说出血来，他总是不理。自从俄国复占了东三省之后，瓜分的话，日甚一日，外国的人，都替中国害怕，人人都说中国灭种的日子到了；那里晓得自皇太后以至大小官员，日日在颐和园看戏作乐，全不动心。今年谒西陵，用银三百万，皇太后的生日，各官的贡献，比上年还要多十倍。明年皇太后七旬万寿，预备一千五百万银子做庆典。北京不破，断不肯停的。马玉（山昆）在某洋行买洋枪三千杆，要银数万两，户部不肯出；皇太后修某宫殿，八十万银子又有了。你看这等情形，还可扶助吗？中国自古以来，被那君臣大义的邪说所误，任凭什么昏君，把百姓害到尽头，做百姓的，总不能出来说句话。不知孟夫子说道：“民为贵，社稷次之，君为轻！”君若是不好，百姓尽可另立一个。何况满洲原是外国的鞑子，盗占中国，杀去中国的人民无数，是我祖宗的大仇。于今他又将我四万万汉人尽数送入枉死城中，永做无头之鬼，尚不想个法子，脱了他的罗网，还要依他的言语，做他的死奴隶，岂是情愿绝子绝孙绝后代么？印度亡了，印度王的王位还在；越南亡了，越南王的王位还在；只可怜印度、越南的百姓，于今好似牛马一般。那满洲政府，明知天下不是他自己的，把四万万个人，做四万万只羊，每日送几千，也做得数十年的人情。人情是满洲得了，只可怜宰杀烹割的苦楚，都是汉人受了。那些迂腐小儒，至今还说，忠君忠君，遵旨遵旨，不知和他有什么冤孽，总要把汉人害得没有种子方休！天！天！天！那项得罪了他，为何忍下这般毒手呀？

第三节

第三须知事到今日，断不能再讲预备救中国了。只有死死苦战，才能救得中国。中国的毛病，平时没有说预备，到了临危，方说预备，及事过了，又忘记了。自道光以来，每次讲和，都因从前毫没预备，措手不及，不如暂时受些委屈，等到后来预备好了，再和各国打仗。那知到了后来，另是一样的话。所以受的委屈，一次重过一次。等到今日各国要实行瓜分了，那预备仍是一点儿没有。于今还说后来再预备，不但是说说谎话罢了；就是想要预备，也无从预备了。试看俄人在东三省，把中国兵勇的枪炮，尽行追缴，不许民间设立团练，两人并行，都要治罪，还有预备可说吗？要瓜分中国，岂容你预备？你预备一分，他的势子增进一丈，我的国势堕落十丈。比如一炉火，千个人添柴添炭，一个人慢慢运水，那火能打灭吗？兵临境上，你方才讲学问，讲教育，讲开通风气，犹如得了急症，打发人往千万里之外，买滋补的药，直等到病人的尸首都烂了，买药的人，还没有回来，怎么能救急呢？为今之计，唯有不顾成败，节节打去，得寸是寸，得尺是尺，等到有了基础，再讲立国的道理。此时不把中国救住，以后莫想恢复了。满洲以五百万的野蛮种族，尚能占中国二百六十年，各国以七八万万的文明种族分占中国，怎么能恢复呢？我听多少人说，国已亡了，惟有预备瓜分以后的事。我不知他说预备何事，大约是预备做奴隶吧！此时中国虽说危急，洋兵还没深入，还没实行瓜分，等到四处有了洋兵，和俄国在东三省一般，一言一语。都不能自由，纵你有天大的本领，怎么用得出呢？那就不到灭种不休了。所以要保皇的，这时候可以保了，过这时没有皇了。要革命的，这时可以革了，过了这时没有命了。一刻千金，时乎时乎不再来，我亲爱的同胞，快醒！快醒！不要再睡了！

第四须知这时多死几人，以后方能多救几人。于今的人，多说国势已不可救了，徒然多害生灵，也犯不着，不如大家就降了各国为兵。唉！照这样办法，各国一定把中国人看得极轻，以为这等贱种，任凭我如何残暴，他总不敢出来做声，一切无情无理的毒手段，都要做了出来，中国人种那就亡得成了。此时大家都死得轰轰烈烈，各国人都知道中国人不可轻视，也就不敢十分野蛮待中国人了。凡事易得到手的，决不爱惜，难得到手的，方能爱惜，这是的确的道理。你看金国把宋朝徽宗钦宗两个皇帝捉去，宋朝的百姓，不战自降。后来元世祖灭了宋朝，看见中国人容易做别人的奴隶，从没报过金国的仇，遂想把中国的人杀尽，把中国做为牧牛马的草场。耶律楚材说道："不如留了他们，以纳粮饷。"后来才免。虽因此中国人侥幸得生，但是待汉人残酷的了不得。明末的时候，各处起义兵拒满洲的，不计其数，那殉节录所载拒满的忠臣，共有三千六百个，所以清朝待汉人，比元朝好得多了。到了乾隆年间，修纂国史，把投降他的官员，如洪承畴等，尽列在贰臣传中，不放在人数上算账；明朝死难的人，都加谥号，建立祠堂，录用他的后裔。譬如强盗强奸人的妇女，一个是宁死不从，被他杀了，一个是甘心从他，到了后日，那强盗一定称奖那不从他的是贞节，骂那从他的是淫妇。那淫妇虽忍辱想从强盗终身，这强盗一定不答应，所受的磨折，比那贞节女当日被强盗一刀两段的，其苦更加万倍。那贪生怕死的人，他的下场一定和这淫妇一样。故我劝列位撞着可死的机会，这死一定不要怕，我虽死了，我的子孙，还有些利益，比那受尽无穷的耻辱，到头终不能免一死，死了更无后望的，不好得多吗？泰西的大儒，有两句格言：“牺牲个人（指把一个人的利益不要），以为社会（指为公众谋利益）；牺牲现在（指把现在的眷恋丢了），以为将来（指替后人造福）。”这两句话，我愿大家常常讽诵。

第四节

第五须知种族二字，最要认得明白，分得清楚。世界有五个大洲：一个名叫亚细亚洲（又称亚洲，中国、日本、高丽、印度都在这洲），一个名叫欧罗巴洲（又称欧洲，俄、英、德、法等国都在这洲），一个名叫阿非利加洲（又称非洲，从前有数十国，现在都被欧洲各国灭了），一个名叫澳非利加洲（又称澳洲，被英国占领），以上四洲，共在东半球（地形如球，在东的称东半球，在西的称西半球）。一个名阿美利加洲（又称美洲，美利坚、墨西哥都在这洲），独在西半球。住在五洲的人，也有五种：一黄色种（又称黄种），亚洲的国，除了五印度的人（印度人也是欧洲的白色种，但年数好久了，所以面上变为黑色），皆是黄种人；二白色种（又称白种，欧洲各国的人，及现在美洲各国人，都是这种）；三红色种（美洲的土人）；四黑色种（非洲的人）；五棕色种（南洋群岛的人）。单就黄种而论，又分汉种，（始祖黄帝于四千三百余年前，自中国的西北来，战胜了蚩尤，把从前在中国的老族苗族赶走，在黄河两岸，建立国家。现在中国内部十八省的四万万人，皆是黄帝公公的子孙，号称汉种。）二苗种，（从前遍中国皆是这种人，于今只有云贵两广稍为有些。）三东胡种，（就是从前的金，现在的满洲，人口有五百万。）四蒙古种，（就是从前的元朝，现在内外蒙古，人口有二百万。）其余的种族，不必细讲。合黄种、白种、黑种、红种、棕色种的人口算起来，有一十六万万，黄种五万万余（百年前有八万万，现在减了三万万），白种八万万（百年前只五万万，现在多三万万），黑种不足二万万（百年前多一倍）红种数百万（百年前多十倍），棕色种二千余万（百年前多两倍）。五种人中，只有白种年年加多，其余四种，都年年减少。这是何故呢？因为世界万国，都被白种人灭了。（亚洲百余国，美洲数十国，非洲数十国，澳洲南洋群岛各国，都是那白色种的俄罗斯、英吉利、德意志、法兰西、奥大利、意大利、西班牙、葡萄牙、荷兰、美利坚、墨西哥、巴西、秘鲁各国的属国。只有中国和日本等数国没灭，中国若亡了，日本等国也不可保了。）这四种人不晓得把自己祖传的地方守住，甘心让与外种人，那种怎能不少呢！这种族的感情，是从胎里带来的，对于自己种族的人，一定是相亲相爱；对于以外种族的人，一定是相残相杀。自己没有父，任别人做父，一定没有像亲父的恩爱。自己没有兄弟，认别人做兄弟，一定没有像亲兄弟的和睦。譬如一份家产，自己不要，送把别人，倒向别人求衣食，这可靠得住吗？这四种人，不晓得这个道理，以为别人占了我国，也是无妨的，谁知后来就要灭种哩！所以文明各国，如有外种人要占他的国度，他宁可全种战死，决不做外种的奴隶。（西洋各国，没有一国不是这样，所以极小的国，不及中国一县，各大国都不敢灭他。日本的国民，现在力逼政府和俄国开战，那国民说道，就是战了不胜，日本人都死了，也留得一个大日本的国魂在世；不然，这时候不战，中国亡了，日本也要亡的。早迟总是一死，不如在今日死了。日本是一个很强的国，他的人民顾及后来，还如此激昂，怎么我中国人身当灭亡地步的，倒一毫不动哩？唉，可叹！）只有中国人从来不知有种族的分别，蒙古满洲来了，照例当兵纳粮，西洋人来了，也照样当兵纳粮，不要外种人动手，自己可以杀尽。禽兽也知各顾自己的同种，中国人真是连禽兽都不如了。俗话说得好，人不亲外姓，两姓相争，一定是帮同姓，断没有帮外姓的。但是平常的姓，都是从一姓分出来的，汉种是一个大姓，黄帝是一个大始祖，凡不同汉种，不是黄帝的子孙的，统统都是外姓，断不可帮他的，若帮了他，是不要祖宗了。你不要祖宗的人，就是畜生。

第六须知国家是人人有份的，万不可丝毫不管，随他怎样的。中国的人，最可耻的，是不晓得国家与身家有密切的关系，以为国是国，我是我，国家有难，与我何干？只要我的身家可保，管什么国家好不好。不知身家都在国家之内，国家不保，身家怎么能保呢？国家譬如一只船，皇帝是个舵工，官府是船上的水手，百姓是出资本的东家，船若不好了，不但是舵工水手要着急，东家越加要着急。倘若舵工水手不能办事，东家一定要把这些舵工水手换了，另用一班人，才是道理。既我是这个国的国民，怎么可以不管国家的好歹，任那皇帝官府胡乱行为呢？皇帝官府尽心为国，我一定要帮他的忙，皇帝官府败坏国家，我一定不答应他，这方算做东家的职分。古来的陋儒，不说忠国，只说忠君，那做皇帝的，也就把国度据为他一人的私产，逼那人民忠他一人。倘若国家当真是他一家的，我自可不必管他，但是只因为这国家，断断是公共的产业，断断不是他做皇帝的一家的产业。有人侵占我的国家，即是侵占我的产业，有人盗卖我的国家，即是盗卖我的产业。人来侵占我的国家，盗卖我的产业，都不出来拼命，这也不算是一个人了。

第五节

第七须知要拒外人，须要先学外人的长处。于今的人，都说西洋各国，富强得很，却不知道他怎么样富强的，所以虽是恨他，他的长处，倒不可以不去学他。譬如与我有仇的人家，他办的事体很好，却因为有仇，不肯学他，这仇怎么能报呢？他若是好，我要比他更好，然后才可以报得仇呢。日本国从前很恨西洋人，见了西洋人，就要杀他，有藏一部洋书的，就把他全家杀尽。到了明治初年，晓得空恨洋人不行，就变了从前的主意，一切都学西洋，连那衣服头发，都学了洋人的装束（日本从前用中国古时的装束）。从外面看起来，好像是变了洋人了，却不知他恨洋人的心，比从前还要增长几倍。所有用洋人的地方，一概改用日本人，洋人从前所得日本人的权利，一概争回来，洋人到了日本国，一点不能无礼乱为，不比在中国，可以任意胡行。这是何故呢？因为洋人的长处，日本都学到了手，国势也和洋人一样，所以不怕洋人，洋人也奈何他不得。中国和日本，正是反比例，洋人的长处一点不肯学，有说洋人学问好的，便骂他想做洋鬼子；洋人的洋烟（日本一切洋人的东西都有，只有洋烟没有），及一切没有用的东西，倒是没有不喜欢的。更有一稀奇的事，各国都只用本国的银圆钞票，不用外国的银圆钞票（日本一圆的银圆，本国不用，通行中国），自己的银圆钞票，倒难通行，这也可算保守国粹吗？平日所吃所穿所用的东西，无一不是从洋人来的，只不肯学他的制造，这等思想，真真不可思议了。有人口口说打洋人，却不讲洋人怎么打法，只想拿空拳打他，一经事到临危，空拳也要打他几下，平时却不可预存这个心。即如他的枪能打三四里，一分时能发十余响，鸟枪只能打十余丈，数分时只能发一响，不学他的枪炮，能打得他倒吗？其余洋人的长处，数不胜数。他们最大的长处，大约是人人有学问（把没有学问的不当人），有公德（待同种却有公德，待外种却全无公德），知爱国（爱自己的国，决不爱他人的国），一切陆军、海军、（各国的将官，都在学堂读书二三十年，天文、地理、兵法、武艺无一不精，军人亦很有学问。）政治、工艺，无不美益求美，精益求精。这些事体，中国那一项不应该学呢？俗语道："天下无难事，只怕有心人。"若有心肯学，也很容易的。越恨他，越要学他；越学他，越能报他，不学断不能报。就是这时不能学得完备，粗浅也要学他几分，形式或者可以慢些，精神一定要学（精神指爱国，有公德，不做外种的奴隶）。要想学他，一定要开学堂，派送留学生。于今的人，多有仇恨留学生的，以为留学生多半染了洋派，喜欢说排满革命，一定是要扶助洋人的。不知外面的洋派，不甚要紧，且看他心内如何（于日本可知）。他说排满革命，也有不得已之苦衷（前已说过，不是故意要说这些奇话），想得利益。（留学生若是贪图利益，明明翰林进士的出身不要，倒要做断头的事，没有这样蠢了。至于忍耻含羞，就学仇人的国，原想习点本领，返救祖国，岂有为洋人用的理？即有此等人，也只有待他败露，任凭同胞将他捉来，千刀万剐，比常人加十倍治罪，此时却难一笔抹杀。）同胞！同胞！现在固然不是为学的时候，但这等顽固心思，到了这个时候，尚不化去，也就不好说了。

第八须知要想自强，当先去掉自己的短处。中国的人，常常自夸为文明种族，礼义之邦。从前我祖宗的时候，原是不错。但到了今日，奸盗诈伪，无所不为，一点古风也没有了。做官的只晓得贪财爱宝，带兵的只晓得贪生怕死。读书的只晓得想科名，其余一切的事都不管。上中下三等的人，天良丧尽，廉耻全无，一点知识没开，一点学问没有，迂腐固陋，信鬼信怪，男吸洋烟，女缠双足，游民成群，盗贼遍野，居处好似畜圈，行为犹如蛮人，言语无信，爱钱如命。所到的国，都骂为野蛮贱种，不准上岸，不许停留。国家被外国欺凌到极处，还是不知不觉，不知耻辱，只知自私自利。瓜分到了目前，依然欢喜歌舞。做农做工做商的，只死守着那古法，不知自出新奇，与外国竞争。无耻的人，倒要借外国人的势力，欺压本国，随便什么国来，都可做他的奴隶。一国的人，都把武艺看得极轻（俗话好铁不打钉，好汉不当兵），全不以兵事为意，外兵来了，只有束手待毙。其余各项的丑处，一言难尽，丑不可言。大家若不从此另换心肠，痛加改悔，恐怕不要洋人来灭，也要自己灭种了。

第九须知必定用文明排外，不可用野蛮排外。文明排外的办法，平日待各国的人，外面极其平和，所有教堂教士商人，尽要保护，内里却刻刻提防他。如他要占我的权利，一丝儿不能。(如他要在我的地方修铁路、买矿山，及驻扎洋兵，设立洋官等事，要侵我的权利的，都不许可。)与他开起战来，他用千万黄金请我，我决不去。他要买我粮饷食物，我决不卖。(俄国在东三省出重价向日本商民买煤，日本商民硬不卖与他。)他要我探消息，我决不肯。在两军阵前，有进无退，巴不得把他杀尽。洋兵以外的洋人，一概不伤他。洋兵若是降了擒了，也不杀害。（万国公法都是这样，所以使敌人离心，不至死战。若一概杀了，他必定死战起来，没有人降了。）这是文明排外的办法。（现在排外，只能自己保住本国足了，不能灭洋人的国，日后仍旧要和，故必定要用文明排外。）野蛮排外的办法，全没有规矩宗旨，忽然聚集数千百人，焚毁几座教堂，杀几个教士教民，以及游历的洋员，通商的洋商，就算能事尽了。洋兵一到，一哄走了，割地赔款，一概不管。这是野蛮排外的办法。这两种办法，那桩好，那桩歹，不用讲了。列位若是单逞着意气，野蛮排外，也可使得。若是有爱国的心肠，这野蛮排外，断断不可行的。

第十须知这排外事业，无有了时。各国若想瓜分我国，二十岁以上的人不死尽，断不任他瓜分。万一被他瓜分了，以后的人，满了二十岁，即当起来驱逐各国。一代不能，接及十代，十代不能，接及百代，百代不能，接及千代。汉人若不建设国家，把中国全国恢复转来，这排外的事，永没有了期。有甘心做各国的奴隶，不替祖宗报仇的，生不准进祖祠，死不准进祖山，族中有权力的，可以随便将他处死。海石可枯，此心不枯，天地有尽，此恨不尽。我后辈千万不可忘了这二句话。十个须知讲完了，又有十条奉劝。

第六节

第一奉劝做官的人，要尽忠报国。我这报国二字，不是要诸君替满洲杀害同胞，乃是要诸君替汉人保守疆土。因为国家是汉人的国家，满洲不过偶然替汉人代理。诸君所吃的俸禄，都是汉人的，自应当替汉人办事。有利于汉人的，必要尽心去办。汉人强了，满洲也无忧了。（满洲宁以天下送之外国，只恐怕汉人得势，实在糊涂极了。因为各国与满洲有甚么恩爱，各国断不肯保全满洲。）汉人不存，满洲一定要先灭。为汉人就是为满洲，专为满洲，就害了满洲（张之洞所以是满洲的罪人）。至于爱财利己，害国伤民的事，一概做不得，更不消说。我看近日做官的，又把趋奉满洲的心肠，趋奉洋人，应承洋人的旨意，比圣旨还要重些。洋人没来，已先预备做洋人的顺官，不以为耻，反以为荣。我以为诸君的计太左了。诸君的主意，不过想做官罢了，不知各国那里有官来你们做，他得了中国，一定先从诸君杀起。诸君不信，你看奉天将军增祺，从前诚心归服俄人，俄人讲一句，他就依一句，那知俄人今年再占奉天，遂把他囚了，如今生死还不能定。东三省的官员，平日趋奉俄人，无所不至，都被俄人赶逐出境，利益一点没得，徒遭千人的唾骂，有什么益处呢？我劝诸君切不可学，官大的倡独立，官小的与城共存亡，宁为种族死，不做无义生，这方算诸君的天职。

第二奉劝当兵的人，要舍生取义。列位！这当兵二字，是人生第一要尽的义务。国家既是人人有份，自应该人人保守国家的权利；要想保守国家的权利，自应该人人皆兵。所以各国都把当兵看得极重，王子也要当兵三年，其余的人更可想了。平日纪律极严，操练极勤，和外国开起战来，有进无退；就是战死了，那家也不悲伤，以为享了国家的利益，就应当担任国家的义务。至于卖国投降的人，实在少得很。不比中国把兵看得极轻，一操练没有，替满洲杀同胞，倒能杀得几个，替同胞杀洋兵，就没有用了。听说洋人口粮多些，那心中跃跃欲动，就想吃洋人的粮，甘心为国捐躯的，很少很少。于今中国的兵都是这样，怎么不亡呢？汉种的存亡，都在诸君身上，诸君死一个，汉人就得救千个，诸君怎么惜一人的命，置千个同胞不救呢？人生终有一死，只要死得磊落光明，救同胞而死，何等磊落！何等光明！千古莫不敬重大宋的岳爷，无非因他能替同胞杀鞑子。诸君若能替同胞杀鬼子，就是死了，后人也是一样敬重，怎的不好呢？

第七节

第三奉劝世家贵族，毁家纾难。世家贵族，受国家的利益，较常人多些，国家亡了，所受的惨，也要较常人重些。明朝李闯王将到北京的时候，崇祯皇帝叫那世家贵族，各拿家财出来助饷，各人都吝啬不肯。及李闯王破了北京，世家贵族，都受了炮烙之刑，活活烤死，家财抄没。当时若肯把少半家财拿出来助饷，北京又怎么能破？北京没有破之前，武昌有一个楚王，家资百万，张献忠李闯王兵马将到，大学士贺逢圣告老在家，亲见楚王道："人马尽有，只要大王拿出家财充饷。"楚王一金不出。张献忠到了，先把楚王一家，放在一个大竹篮内，投到江心，张两面长围，尽把武汉的人驱入大江。打入楚王府中，金银堆积如山，献忠叹道："有如此的财，不把来招兵，朱胡子真庸人了！"又有一个福王，富堪敌国，也不肯把家财助饷，被贼捉去，杀一只鹿和福王的肉（福王极肥胖）一同吃了，名叫福禄酒。后来满洲到了南京，各世爵都投降了，只想爵位依然尚在，那知满洲把各人的家财，一概查抄充公。有一个徐青山，系魏国公徐达的后代，后来流落讨饭，当了一个打板的板子手，辱没祖宗到了极处了。明末最难的是饷，倘若各世家贵族，都肯把家财拿出来，莫说一个流寇，十个流寇也不足平哩！先前以为国家坏了，家财仍旧可以保得住，谁知家财与国一齐去了，性命都是难保。虽要懊悔，也懊悔不及，真真好蠢呀！波兰国被俄、奥、德三国瓜分，俄国把波兰的贵族，尽数送至常年有雪的西伯利亚，老少共三万余口，在路死了一半。既到那处，满目荒凉，比死去的更惨万倍。庚子年联军进京，王爷、尚书被洋人捉去当奴隶拉车子，受苦不过的，往往自尽。瓜分之后，那惨酷更要再加百倍了！我看现在的世家贵族实在快活得很，不知别人或者还有生路，只这世家贵族，一定是有死无生。外国人即或不杀，本国的兵民断难饶恕你，况且外国人也是不放手的。近看庚子年，远看波兰，就可晓得了。只要把架子放下来，每年要用一万的，止用一千，所余的九千，来办公事。降心下气，和那平民党、维新党，同心合德，不分畛域，共图抵制外国，一切大祸可免，还有保国的功劳，人人还要爱戴，没有比这计更上的了。如若不然，我也不能替诸君设想了。

第四奉劝读书士子，明是会说，必要会行。我看近来的言论，发达到了极处，民权革命，平等自由，几成了口头禅。又有甚么民族主义，保皇主义，立宪主义，无不各抒伟议，都有理信可执，但总没有人实行过。自瓜分的信确了之后，连那议论都没有人发了，所谓爱国党，留学生，影子都不见了。从偏僻之处，寻出一二个，问他何不奔赴内地，实行平日所抱的主义？答道："我现在没有学问，没有资格，回去不能办一点事。"问他这学问资格何时有呢？答道："最迟十年，早则五六年。"问这瓜分之期何日到？答道："远则一年，近则一月。"呵呵！当他高谈阔论的时候，怎么不计及没有学问，没有资格？到了要实行的时节，就说没有学问，没有资格。等到你有了学问资格的时候，中国早已亡了。难道要你回去开追悼会不成？这学问资格，非是生来就有的，历练得多，也可长进。试看日本当年倾幕的志士，有什么学问资格，只凭热心去做，若没有这等热心，中国从前也曾有有学问有资格的人，可曾办出什么事来？所谓瓜分之后，也要讲学问，是为瓜分以后的人说话，不是为现在的人说话。若现在的人不多流些血，力救中国不瓜分，只空口说说白话，要使后来的人在数百年之后，讲民族，讲恢复，那个肯信。只有现在舍死做几次，实在无可如何了，那后辈或者体谅前辈的心事，接踵继起，断没有自己不肯死，能使人死的。那诸葛武侯《出师表》上，所谓“汉贼不两立，王业不偏安”，“汉不伐贼，王业亦亡；与其坐以待亡，不如伐之”，又谓“鞠躬尽瘁，死而后已。至于成败利钝，非所逆睹”的话，我们应该常常讽诵。有人谓大家都死了，这国一亡之后，遂没有人布文明种子了。这话我也以为然。但总要有一半开通人先死，倘若大家都想布文明种子，一个不肯死，这便不是文明种子，乃是奴隶种子了！布文明种子的人，自有人做，人所不为的，我便当先做，这方算是真读书人。

第八节

第五劝富的舍钱。世间之上，最能做事业，最能得名誉的，莫过于家富的人。盖没有资本的人，随便做什么事，都是力不从心。譬如现在要拒洋人，枪炮少得很，如能独捐巨款买枪炮千枝万枝；或因军饷不足，助军饷捐，那功劳比什么人都大几倍。其余开办学堂，印送新书，以及演说会、体育会、禁缠足会、戒洋烟会、警察团练等事，都是没钱不办，有能出钱办的，其功德大得很。更有不要助捐，于自己有重息，于国家有大利的一桩事，如集资设立公司，修设轮船、铁路、电线，及各种机器局、制造局、采炼各矿，这些事体，多有大利可得，为何不办呢？把银钱坐收在家，真是可惜。把这些钱会用了，就能取名得誉；不会用了，就能招灾惹祸。你看自古换朝的时候，受尽苦楚的，不是那富户吗？《扬州十日记》上所载，满兵将到扬州，那些富户一文钱不肯出，及城破了，争出钱买命。一队去了，一队又来，有出过万金，终不免于死的。我乡父老，相传明末的富户，被满兵捉去，把竹丝所做的大篮盘，中穿一心，戴在颈上，周围点火，要他说出金银埋在何处。尽行说出，仍旧以为不只有此数，就活活烧死。又某小说书所载："有一富翁，积金百万，不肯乱用一文，恐怕人偷去金银，四布铁菱角，因此人喊他叫做铁菱角。满兵一到，把骡马装运金银，不上半天，就干干净净。那人见一世辛苦所积，一朝去了，遂立时气死。"满洲入关的时候有什么饷？偏偏有人替他积着，早若是拿出来打满洲，满洲那里还有今日呢？犹太人会积财，只因没有国，所有的都被别人得去。英国占印度，所有富户的田租，一概充公。于今印度每年有赋税二万八千万两（中国只有赋积八千万两），三分之一，是从前富户的田租。日本占台湾，有一个姓林的绅士，有数千万的家资，用他一家，也可敌住日本。私地向日本投降，献银数百万，日本一入台湾，他在台湾的产业，皆是日本人了。诸君当知国保了，家财自在，国若不保，家财断不能保住的。列位此刻尚见不透，没有日子了。

第六劝穷的舍命。中国的穷民，最占多数，于是他们常常想天下之乱，以为天下乱了，这些富户，与他一样的受苦。更有不肖之辈，存一个乘浊水捉鱼的心事，不知天下乱了，富户固然吃亏，穷民也没有便宜可占。平时尚能用人力挣几个钱，刀兵四起，那一个请你来做工？况且洋人占了天下，愈加了不得，他最重的是富户，最贱的是穷民。他本国的穷民，不把在人内算数，何况于所征服的敌国，一定见富者穷，穷者变牛马。我听见多少人说，洋人也要人抬轿担担，那怕没有工做，要担什么心？不争主权，只要有奴隶做。我也没有话和他说了。但是洋人一切都用机器，人工一定不要，一般穷民怎么得了。他因为本国人多，无地安插，所以远远抢占别人的土地。中国的人，住得无处安针，最多的又是穷民，不把你们害尽，叫他到那里去住？我晓得洋人初到，一定用巧言哄诱，还要施一点小恩惠，但是到了后来，方晓得他狠。试问他费了许多的金银，用了许多的心力，不是谋害你们，他为别的什么呢？他有恩惠，怎么不施在本国，来施你们？把饵钓鱼，不是把饵给鱼吃，乃是要鱼上钩；你吃了他的饵，他一定要吃你的肉。今日没有别法，洋兵若来，只有大家拼命死打。洋人打退了，再迫官府把各人的生计，想一个好法子，必定要人人足衣足食，这方是列位的道理。

第九节

第七劝新旧两党，各除意见。于今的时候，有什么新旧？新的也要爱国，旧的也要爱国，同是爱国，就没有不同之处。

至于应用的方法，总以合时宜为主，万不能执拗。即有不合，彼此都要和平相商，不可挟持私见。诗经上说得好："兄弟阋于墙，外御其侮。"现在甚么时候，还可做那阋墙之事么？我有新旧之分，在洋人看起来，就没有新旧，只要是汉人，一样的下毒手。故我剖心泣血，劝列位总要把从前的意见捐除，才是好哩。

第八劝江湖朋友，改变方针。那些走江湖的，种类很多。就中哥老会、三合会、各省游勇，最占多数。想做大事，也有不少。没有志气，只想寻几个钱度日的，也有好多。这等人就是起事，也没有什么思想，不过图奸淫掳掠四字。或者借个名目，说是复明灭清，或者说是扶清灭洋。一点团体没有，上的上山，下的下水，一切事做不出来。穷而无计的时候，丧灭天良的，也就降了洋人，替洋人杀起同胞来，和东三省的马贼一样。我不怕洋人，就怕这等不知祖国只图一己的人，我实在要吃他的肉。但江湖的豪杰，一定是爱国的男儿，平生愤恨外族侵凌中国，所以结集党羽，无非是想为汉种出力，打救同胞；决不是为一人的富贵，做洋人的内应。须知做事以得人心为主，若是纪律不严，人人怨恨，这怎么能行得去呢？我起初恨各处乡团，不应该违拒太平王，后来晓得也难怪他。太平王的部下，不免骚扰民间，人心都不顺他，因此生出反对来。若太平王当日，秋毫不犯，这乡团也就不阻抗他了。所以我劝列位起事，这人民一定不可得罪的。又现在各种会党，彼此都不通。不知蚊子虽小，因为多了，那声音如雷一般。狮子最大，单独一个，也显不出威风来。各做各的，怎么行呢？一定要互相联络，此发彼应才行。我更有句话奉劝，我们内里的事情没有办好，轻举妄动，或烧教堂，或闹租界，好像请洋人来干涉，这也是犯不着。暗地组织，等到洋人实在想侵夺中国了，大家一齐俱起，照着文明排外的办法，使他无理可讲，我有理可说，不使他占半点便宜。生为汉种人，死为汉种鬼，弄到水尽山穷，终不拜那洋人的下风，这方算是大豪杰，大国民。我所望于列位的，如此如此。不知列位都以为是否？

第十节

第九劝教民当以爱国为主。教与国不同，教可以自由奉教，毫不禁制。无论何教的人，都爱自己生长的国。譬如天主教皇在罗马，倘若罗马人要侵夺各国，这各国的天主教人，一定要替本国抵拒罗马人。就是教皇亲来，也是不答应的。日本国从前信奉儒教，有一个道学先生，门徒很多，一日有个门徒问先生道：“我们最尊敬孔子，倘若孔子现在没死，中国把他做为大将，征讨我国，我们怎么做法呢？”先生答道：“孔子是主张爱国的，我们若降了孔子，便是孔子的罪人了。只有齐心死拒，把孔子擒来，这方算得行了孔子的道。”各国的人，不阻止外国的教，所以别人的好处，能够取得到手，没有自尊自大的弊习。但是只容他行教，却不容他占本国的土地，所以国国都强盛得很。中国人有些拼命要与洋教为仇，有些一入了教，就好像变了外国人，忘记自己是中国人，反要仗着教的势力，欺侮我们中国人。不知这中国是自从祖宗以来，生长在此的，丢了祖宗，怎么可以算人呢！一入了教，还有些人平素相爱的朋友亲戚，都不要了，只认得洋人。洋人要他的国，他也允许，洋人要杀他的朋友亲戚，他也允许。唉！世间之上，那有这样的教呢？各教的书，我也读过看过，无一不说国当爱的。倘若信耶酥的道，人不要爱本国的。这真是耶酥的罪人了。我也晓得各位有因为被官府欺侮不过，所以如此的。但是中国人极多，少数人得罪了你，未必中国全数人都得罪了你，祖宗也没有亏负你，怎么受了小气，遂连祖宗都不要了。好人家请先生，不论何国都可请得的，这先生一定要敬重他。但是我这父母兄弟也是不可丢的，先生若是谋害我的家起来，我也可答应他吗？教士好比是一个先生，中国好比是我的家，教士灭我的国，怎么可应允他呢？况并不是教士，不过教士国的人呢？（各国教士不管国政）我劝列位信教是可以信的，这国是一定要爱的。

第十劝妇女必定也要想救国。中国人四万万，妇女居了一半，亡国的惨祸，女子和男子一样，一齐都要受的。那救国的责任，也应和男子一样，一定要担任的。中国素来重男卑女，妇女都缠了双足，死处闺中，一点学问没有，那里晓得救国？但是现在是扩张女权的时候，女学堂也开了，不缠足会也立了，凡我的女同胞，急急应该把脚放了，入了女学堂，讲些学问，把救国的担子也担在身上，替数千年的妇女吐气。你看法兰西革命，不有那位罗兰夫人吗？俄罗斯虚无党的女杰，不是那位苏菲尼亚吗？就是中国从前，也有那木兰从军，秦良玉杀贼，都是女人所干的事业，为何今日女子就不能这样呢？我看妇女们的势力，比男子还要大些，男子一举一动，大半都受女子的牵制，女子若是想救国，只要日夜耸动男子去做，男子没有不从命的。况且演坛演说，军中看病，更要女子方好。妇女救国的责任，这样儿大，我女同胞们，怎么都抛弃了责任不问呢？我的讲话到这里也讲完了，我愿我同胞呀！

醒来！醒来！快快醒来！快快醒来！不要睡的像死人一般。同胞！同胞！虽然我知道我所最亲最爱的同胞，不过从前深处黑暗，没有闻过这等道理。一经闻过，这爱国的心，一定就要发达了，这救国的事，一定就要担任了。前死后继，百折不回，我汉种一定能够建立个极完全的国家，横绝五大洲。我敢为同胞祝曰“汉种万岁！中国万岁！

革命军

邹容

第一章　绪论

扫除数千年种种之专制政体，脱去数千年种种之奴隶性质，诛绝五百万有奇被毛戴角之满洲种，洗尽二百六十年残惨虐酷之大耻辱，使中国大陆成干净土，黄帝子孙皆华盛顿，则有起死回生，还命反魄，出十八层地狱，升三十三天堂，郁郁勃勃，莽莽苍苍，至尊极高，独一无二，伟大绝伦之一目的，曰“革命”。巍巍哉！革命也！皇皇哉！革命也！

吾于是沿万里长城，登昆仑，游扬子江上下，溯黄河，竖独立之旗，撞自由之钟，呼天吁地，破颡裂喉，以鸣于我同胞前曰：呜呼！我中国今日不可不革命，我中国今日欲脱满洲人之羁缚，不可不革命；我中国欲独立，不可不革命；我中国欲与世界列强并雄，不可不革命；我中国欲长存于二十世纪新世界上，不可不革命；我中国欲为地球上名国、地球上主人翁，不可不革命。革命哉！革命哉！我同胞中，老年、中年、壮年、少年、幼年、无量男女，其有言革命而实行革命者乎？我同胞其欲相存相养相生活于革命也。吾今大声疾呼，以宣布革命之旨于天下。

革命者，天演之公例也；革命者，世界之公理也；革命者，争存争亡过渡时代之要义也；革命者，顺乎天而应乎人者也；革命者；去腐败而存良善者也；革命者，由野蛮而进文明者也；革命者，除奴隶而为主人者也。是故一人一思想也，十人十思想也，百千万人，百千万思想也，亿兆京垓人，亿兆京垓思想也。人人虽各有思想也，即人人无不同此思想也。居处也，饮食也，衣服也，器具也，若善也，若不善也，若美也，若不美也，皆莫不深潜默运，盘旋于胸中，角触于脑中；而辨别其孰善也，孰不善也，孰美也，孰不美也，善而存之，不善而去之，美而存之，不美而去之，而此去存之一微识，即革命之旨所出也。夫此犹指事物而言之也。试放眼纵观，上下古今，宗教道德，政治学术，一视一缔之微物，皆莫不数经革命之掏摝过昨日，历今日，以象现现象于此也。

夫如是也，革命固如是平常者也。虽然，亦有非常者在焉。闻之一千六百八十八年英国之革命，一千七百七十五年美国之革命，一千八百七十年法国之革命，为世界应乎天而顺乎人之革命，去腐败而存良善之革命，由野蛮而进文明之革命，除奴隶而为主人之革命。牺牲个人，以利天下，牺牲贵族，以利平民，使人人享其平等自由之幸福。甚至风潮所播及，亦相与附流合汇，以同归于大洋。大怪物哉！革命也。大宝物哉！革命也。

吾今日闻之，犹口流涎而心痒痒。吾是以于我祖国中，搜索五千余年之历史，指点二千余万万里之地图，问人省己，欲求一革命之事，以比例乎英、法、美者，呜呼！何不一遇也？吾亦尝执此不一遇之故而熟思之，重思之，吾因之而有感矣，吾因之而有慨于历代民贼独夫之流毒也。

自秦始统一宇宙，悍然尊大，鞭笞宇内，私其国，奴其民，为专制政体，多援符瑞不经之说，愚弄黔首，矫诬天命，揽国人所有而独有之，以保其子孙帝王万世之业。不知明示天下以可欲可羡可歆之极，则天下之思篡取而夺之者愈众。此自秦以来，所以狐鸣篝中，王在掌上，卯金伏诛，魏氏当涂，黠盗奸雄，觊觎神器者。史不绝书。于是石勒、成吉思汗等，类以游牧腥膻之胡儿，亦得乘机窃命，君临我禹域，臣妾我神种。

呜呼革命！杀人放火者出于是也！呜呼革命！自由平等者，亦出于是也！

吾悲夫吾同胞之经此无量野蛮革命，而不一伸头于天下也。吾悲夫吾同胞之成事齐事楚，任人掬抛之天性也。吾幸夫吾同胞之得与今世界列强遇也；吾幸夫吾同胞之得闻文明之政体、文明之革命也；吾幸夫吾同胞之得卢梭《民约论》、孟德斯鸠《万法精理》、弥勒约翰《自由之理》,《法国革命史》,美国《独立檄文》等书译而读之也。

是非吾同胞之大幸也夫！是非吾同胞之大幸也夫！

夫卢梭诸大哲之微言大义，为起死回生之灵药，返魄还魂之主方，金丹换骨，刀圭奏效，法、美文明之胚胎，皆基于是。我祖国今日病矣，死矣，岂不欲食灵药、投宝方而生乎？若其欲之，则吾请执卢梭诸大哲之宝旌，以招展于我神州上。不宁惟是，而况又有大儿华盛顿于前，小儿拿破仑于后，为寻同胞革命独立之表木。

嗟呼！嗟呼！革命！革命！得之则生，不得则死。毋退步，毋中立，毋徘徊，此其时也，此其时也。此吾所以倡言革命，以相与同胞共勉共勖，而实行此革命主义也。苟不欲之，则请待数十年百年后，必有倡平权释黑奴之耶女起，以再倡平权释数重奴隶之支那奴。

第二章　革命之原因

革命！革命！我四万万同胞，今日为何而革命？吾先叫绝曰：不平哉！不平哉！中国最不平、伤心惨目之事，莫过于戴狼子野心、游牧贱族、贼满洲人而为君，而我方求富求贵，摇尾乞怜，三跪九叩首，酣嬉浓浸于其下，不知自耻，不知自悟。哀哉！我同胞无主性！哀哉！我同胞无国性！哀哉！我同胞无种性！无自立之性！近世革新家、热心家常号于众曰：中国不急急改革，则将蹈印度后尘、波兰后尘、埃及后尘，于是印度、波兰之活剧，将再演于神州等词，腾跃纸上。邹容曰：是何言欤?

是何言欤？何厚颜盲目而为是言欤？何忽染疯病而为是言欤？不知吾已为波兰、印度于满洲人之胯下三百年来也，而犹曰“将为也”。何故？请与我同胞一解之。将谓吾已为波兰、印度于贼满人，贼满人又为波兰、印度于英、法、俄、美等国乎？苟如是也，则吾宁为此直接亡国之民，而不愿为此间接亡国之民。何也？彼英、法等国之能亡吾国也，实其文明程度高于吾也。吾不解吾同胞不为文明人之奴隶，而偏爱为此野蛮人奴隶之奴隶。呜呼！明崇祯皇帝殉国，“任贼碎戮朕尸毋伤我百姓”之一日，满洲人率八旗精锐之兵，入山海关定鼎北京之一日，此固我皇汉人种亡国之一大纪念日也！

世界只有少数人服从多数人之理，愚顽人服从聪明人之理，使贼满洲人而多数也，则仅五百万人，尚不及一州县之众，使贼满州人而聪明也，则有目不识丁之亲王、大臣，唱京调二黄之将军、都统。三百年中，虽有一二聪明特达之人，要皆为吾教化所陶镕。

一国之政治机关，一国之人共司之。苟不能司政治机关、参与行政权者，不得谓之国，不得谓之国民，此世界之公理，万国所同然也。今试游华盛顿、巴黎、伦敦之市，执途人而问之曰：“汝国中执政者为同胞欤？抑异族欤？”必答曰：“同胞，同胞，岂有异种执吾国政权之理。”又问之曰：“汝国人有参预行政权否？”必答曰：“国者，积人而成者也，吾亦国人之分子，故国事为己事，吾应得参预焉。”乃转信我同胞，何一一与之大相反对也耶？谨就贼满人待我同胞之政策，为同胞述之。

满洲人之在中国，不过十八行省中之一最小部分耳，而其官于朝野者，则以一最小部分。敌十八行省而有馀。今试以京官满汉缺额观之，自大学士、尚书、侍郎满汉二缺平列外，如内阁和衙门，则满学士六，汉学士四，满、蒙侍读学士六，汉军、汉侍读学士二，满侍读十二，汉侍读二，满、蒙中书九十四，汉中书三十。又如六部衙门，则满郎中、员外、主事缺额，约四百名，吏部三十余，户部百余，礼部三十余，兵部四十余，刑部七十余，工部八十余，其余各部堂主事皆满人，无一汉人。而汉郎中、员外、主事缺额，不过一百六十二名。每季《缙绅录》中，于职官总目下，只标出汉郎中、员外、主事若干人，而浑满缺于不言，殆有不能示天下之隐衷也。是六部满缺司员，几视汉缺司员而三倍（笔帖式尚不在此数）。而各省府道实缺，又多由六部司员外放，何怪满人之为道府者，布满国中也。若理藩院衙门，则自尚书、侍郎迄主事、司库皆满人任之，无一汉人错其间（理藩之事，惟满人能为之，咄咄怪事！）。其余掌院学士、宗人府、都察院、通政司、大理寺、太常寺、太仆寺、光禄寺、鸿胪等，国子监、仪卫诸衙门缺额，未暇细数。要之皆满缺多于汉缺，无一得附平等之义者。是其出仕之途，以汉视满，不啻霄壤云泥之别焉。故常有满、汉人同官、同年、同署，汉人则积滞数十载不得迁转，满人则俄而侍郎，俄而尚书，俄而大学士矣。纵曰满洲王气所钟，如汉之沛、明之濠，然未有绵延数百年，定为成例，竟以王者一隅，抹煞天下之人才，至于斯极者也。向使嘉、道、咸、同以来，其手奏中兴之绩者，非出自汉人之手，则各省督、抚、府、道之实缺，其不为满人攫尽也几希矣。又使非军兴以来，杂以保举军功捐纳，以争各部满司员之权利，则汉人几绝干仕途矣。至于科举清要之选，虽汉人居十之七八，然主事则多额外，翰林刚益清贫。补缺难于登天，开坊类乎超海，不过设法虚縻之，以戢其异心。

又多设各省主考、学政，及州县教官等职，俾以无用之人，治无用之事而已。即幸而亿万人中有竟登至大学士、尚书、侍郎之位者，又皆头白齿落，垂老气尽，分余沥于满人之手。然定例汉人必由翰林出身，始堪大拜。而满人则无论出身如何，均能资兼文武，位兼将相，其中盖有深意存焉。呜呼！我汉人最不平之事，孰有过此哉！虽然，同种待异种，是亦天演之公例也。

然此仅就官制一端而言也，至乃于各行省中，择其人物之骈罗，土产之丰阜，山川之险要者，命将军、都统治之，而汉人不得居其职。又令八旗子弟驻防各省，另为内城以处之，若江宁，若成都，若西安，若福州，若杭州，若广州，若镇江等处，虽阅年二百有奇、而满自满，汉自汉，不相错杂。盖显然有贱族不得等伦于贵族之心。且试绎“驻防”二字之义，犹有大可称骇者。得毋时时恐汉人之叛我，而羁束之如盗贼乎？不然，何为而防？又何为而驻也？又何为驻而防之也？

满人中有建立功名者，取王公如拾芥、而汉人则大奴隶如曾国藩、左宗棠，李鸿章之伦，残杀数百万同胞，挈东南半壁，奉之满洲，位不过封侯而止。又试读其历朝圣训，遇稍著贤声之一二满大臣，奖借逾恒，真有一德一心之契。两汉人中虽贤如杨名时、李绂、汤斌等之驯静奴隶，亦常招谴责挫辱，不可向迩；其余抑扬高下，播弄我汉人之处，尤难枚举。

我同胞不见夫彼所谓八旗子弟、宗室人员、红带子、黄带子、贝子、贝勒者乎，甫经成人，即有自然之禄俸；不必别营生计，以赡其身家；不必读书向道，以充其识力；由少爷而老爷，而大老爷，而大人，而中堂，红顶花翎，贯摇头上，尚书、侍郎，殆若天职。反汉人而观之，夫亦可思矣。

中国人群，向分为士、农、工、商。士为四民之首，曰士子，曰读书人。吾见夫欧美人，无不读书，即无人不为士子，中国人乃特而别之曰士子，曰读书人，故吾今亦特言士子，特言读书人。

中国士子者，实奄奄无生气之人也。何也？民之愚，不学而已，士之愚，则学非所学而益愚。而贼满人又多方困之，多方辱之，多方汩之，多方羁之，多方贼之，待其垂老气尽，阉然躯壳。而后鞭策指挥焉。困之者何？困之以八股、试帖、楷折，俾之穷年，不暇为矻矻经世之学。辱之者何？辱之以童试、乡试、会试、殿试。（殿试时无坐位，待人如牛马）俾之行同乞丐，不复知人间有羞耻事。汩之者何？汩之以科名利禄，俾之患得患失，不复有仗义敢死之风。羁之者何？羁之以痒序卧碑，俾之柔静愚鲁，不敢有议政著书之举。贼之者何？贼之以威权势力，俾之畏首畏尾，不敢为乡曲豪举，游侠之雄。牵连之狱，开创于顺治（朱国治巡抚江苏，以加钱粮，诛诸生百余人）；文字之狱，滥觞于乾隆（十全老人以一字一语，征诛天下，群臣震恐）。以故海内之士，莘莘济济，鱼鱼雅雅，衣冠俎豆充儒林，抗议发愤之徒绝迹，慷慨悲咤之声不闻，名为士人，实则死人之不若。《佩文韵府》也，《渊鉴类函》也，《康熙字典》也，此文人学士所视为拱璧连城之大类书也；而不知康熙、乾隆之时代，我汉人犹有仇视满洲人之心思，彼乃集天下名人，名为此三书，以借此销磨我汉人革命复仇之锐志焉（康熙开千叟宴数次，命群臣饮酒赋诗，均为笼络人起见）。噫于嘻！吾言至此，吾不禁投笔废书而叹曰：

“朔方健儿好身手，天下英雄入彀中。”好手段！好手段！吾不禁五体投地，顿首稽颡，恭维拜服，满洲人压制汉人，笼络汉人驱策汉人、抹熬汉人之好手段！好手段！

中国士人，又有一种岸然道貌，根器特异，别树一帜，以号于众者，曰汉学，曰宋学，曰词章，曰名士。汉学者流，寻章摘句，笺注训诂，为六经之奴婢，而不敢出其范围。宋学者流，日守其五子、《近思录》等书，高谈其太极、无极、性功之理，以求其身死成名，立于东西庑一瞰冷猪头。词章者流，立其桐城、阳湖之门户流派，大唱其姹紫嫣红之滥调排腔。名士者流，用其一团和气，二等才情，三斤酒量，四季农服，五声音律，六品官阶，七言诗句，八面张罗，九流通透，十分应酬之大本领，钻营奔竞，无所不至。

此四种人，日演其种种之活剧，奔走不遑，而满洲人又恐其顿起异心也，乃特设博学鸿词一科，以一网打尽焉。近世又有所谓通达时务者，拓（拓一作摭）腐败报纸之一二语，袭皮毛西政之二三事，求附骥尾于经济特科中，以进为满洲人之奴隶，欲求不得。又有所谓激昂慷慨之士，日日言民族主义，言破坏目的，其言非不痛哭流涕也，然奈痛哭流涕何？悲夫！悲夫！吾揭吾同胞腐败之现象如此，而究其所以至此之原因，吾敢曰：半自为之，半满洲人造之。呜呼！呜呼！刀加吾颈，枪指吾胸，吾敢曰：半自为之，半满洲人造之。

某之言，可以尽吾国士人之丑态，而曰："复试者，几桌不具，待国士如囚徒。赐宴而尘饭涂羹，视文人如犬马。簪花之袍，仅存腰幅，棘围之膳，卵作鸭烹。一入官场，即成儿戏。是其于士也，名为恩荣，而实羞辱者，其法不行也。由是士也，髦龄入学，皓首穷经，夸命运、祖宗、风水之灵，侥房师、主司、知音之幸，百折不磨，而得一第，其时大都在强仕之年矣。而自顾余生吃着，犹不沾天位天禄毫末忽厘之施，于此而不鱼肉乡愚，威福梓里，或恤含冤而不包词讼，或顾廉耻而不打抽丰，其何能赡养室家，撑持门户哉？”痛哉斯言！善哉斯言！为中国士人之透物镜，为中国士人之活动大写真（即影戏）。然吾以为处今之日，处今之时，此等丑态，当绝于天壤也。既又闻人群之言曰：“某某入学，某某中举，某某报捐。”发财做官之一片喊声，犹是嚣嚣然于社会上。如是如是，上海之滥野鸡；如是如是，北京之滑兔子；如是如是，中国之腐败士人。

嗟乎！吾非好为此尖酸刻薄之言，以骂尽我同胞，实吾国士人荼毒社会之罪，有不能为之恕。《春秋》责备贤者，我同胞盍醒诸！

今试游于穷乡原野之间，则见夫黧其面目，泥其手足，荷锄垅畔，终日劳劳而无时或息者，是非我同胞之为农者乎？若辈受田主土豪之虐待不足，而满洲人派设官吏，多方刻之，以某官括某地之皮，以某官吸某民之血，若昭信票，摊赔款，其尤著者也。是故一纳赋也，加以火耗，加以钱价，加以库平，一两之税，非五六两不能完，务使之鬻妻典子而后已。而犹美其名曰薄赋，曰轻税，曰皇仁。吾不解薄赋之谓何，轻税之谓何？

若皇仁之谓，则是盗贼之用心杀人，而曰救人也。嘻！一国之农为奴隶于贼满人下而不敢动，是非贼满人压制汉人之好手段？呜呼！呜呼！刀加吾颈，枪指吾胸，吾敢曰：贼满人压制汉人之好手段！

不见乎古巴诱贩之猪仔、海外被虐之华工，是又非吾同胞之所谓工者乎？初则见拒于美，继又见拒于檀香山、新金山等处，饥寒交迫，葬身无地。以堂堂中国之民，意欲比葺发重唇之族而不可得。谁实为之，至此极哉？然吾闻之，外国工人，有干涉国政、倡言自由之说，以设立民主为宗旨者，有合全国工人立一大会，定法律以保护工业者，有立会演说，开报馆，倡社会之说者，今一一转询中国有之乎？曰：无有也。又不见乎杀一教士而割地偿款，骂一外人而劳上谕动问，而我同胞置身海外，受外人不忍施之禽兽者之奇辱，则满洲政府殆盲于目聋于耳者焉。夫头同是圆，足同是方，而一则尊贵如此，一则卑贱如此。呜呼！呜呼！刀加吾颈，论指吾胸，吾敢曰：满洲人之虐待我！

抑吾又闻之，外国之富商大贾，皆为议员，执政权，而中国则贬之曰末务，卑之曰市井，贱之曰市侩，不得与士大夫伍。乃一旦偿兵费，赔教案，甚至供玩好、养国蠹者，皆莫不取之于商人，若者有捐，若者有税，若者加以洋关而又抽以厘金，若者抽以厘金而又加以洋关，震之以报效国家之名，诱之以虚衔封典之荣，公其词则曰派，美其名则曰劝，实则敲吾同胞之肤，吸吾同胞之髓，以供其养家奴之费，修颐和园之用而已。吾见夫吾同胞之不与之计较也自若。呜呼！呜呼！刀加吾颈，枪指吾胸。吾敢曰：满洲人之敲吾肤，吸吾髓！

以言夫中国之兵，则又有不可忍言者也。每月三金之粮饷，加以九钱七之扣折，与以朽腐之兵器，位置其一人之身命，驱而使之战，不聚歼其兵而馈饷于敌，夫将焉往？

及其死伤也，则委之而去，视为罪所应尔，旌恤之典，尽属虚文；妻子哀望，莫之或问。

即或幸而不死，则遣以归农，扶伤裹创，生计乏绝，流落数千里外，沦为乞丐，欲归不得，而杀游勇之令，又特立严酷。似此残酷之事，从未闻有施之于八旗驻防者。

嗟夫！嗟夫！吾民何辜，受此惨毒！始也欲杀之，终也欲杀之，上薄苍天，下彻黄泉，不杀不尽，不尽不快，不快不止。呜呼！呜呼！刀加吾颈，枪指吾胸，吾敢曰：满洲人之残杀我汉人！

文明国中，有一人横死者，必登新闻数次，甚至数十次不止。司法官审问案件，即得有实凭实据，非犯罪人亲供，不能定罪（于审问时，无用刑审问理）。何也？重生命也。吾见夫吾同胞每年中死于贼满人借刀杀人滥酷刑法之下者，不知凡几，贼满人之用苛刑，于中国言之，可丑可痛。天下怨积，内外咨嗟。华人入籍外邦，如避水火。租界必设会审，如御虎狼。乃或援引故事虚文，而顿忘眼前实事，不知今无灭族，何以移亲及疏，今无肉刑，何以毙人杖下，今无拷讯，何以苦打成招，今无滥苛，何以百毒备至。

至若监牢之刻，狱吏之惨，犹非笔墨所能形容，即比以九幽十八狱，恐亦有过之无不及，而贼满八方行其农忙停讼，热审减刑之假仁假义以自饰。呜呼！呜呼！刀加吾颈，枪指吾胸，吾敢曰：贼满人之屠戮我！若夫官吏之贪酷，又非今世界文字语言所得而写拟言论者也，悲夫！

乾隆之圆明园已化灰烬，不可凭借，如近日之崇楼杰阁，巍巍高大之颐和国，问其间一瓦一铄，何莫非刻括吾汉人之膏脂，以供一卖淫妇那拉氏之笑傲！夫暴秦无道，作阿房宫，天下后世尚称其不仁，于圆明园何如？于颐和园何如？我同胞不敢道其恶者，是可知满洲政府专制之极点。

开学堂则曰无钱矣，派学生则曰无钱矣，有丝毫利益于汉人之事，莫不曰无钱矣，无钱矣。乃无端而谒陵修陵，则有钱若干，无端而修宫园，则有钱若干，无端而作万寿，则有钱若干，同胞乎！盍思之。

“量中华之物力，结友邦之欢心”，是岂非煌煌上谕之言哉。中国者，中国人之中国也。割我同胞之土地，抢我同胞之财产，以买其一家一姓五百万家奴一日之安逸，此割台湾、胶州之本心，所以感发五中矣。咄咄怪事，我同胞看者！我同胞听者！

吾读《扬州十日记》《嘉定屠城记》，吾读未尽，吾几不知流涕之自出也。吾为言以告我同胞曰：扬州十日，嘉定三屠，是又岂当日贼满人残戮汉人一州一县之代表哉？

夫二书之记事，不过略举一二耳，当日既纵焚掠之军，又严剃发之令，贼满人铁骑所至，屠杀掳掠，必有十倍于二地者也。有一有名之扬州、嘉定，有千百无名之扬州、嘉定，吾忆之，吾恻动于心，吾不忍而又不能不为同胞告也！

《扬州十日记》有云："初二日，传府道州县已置官吏，执安民牌，遍谕百姓，毋得惊惧。又谕各寺院僧人，焚化积尸，而寺院中藏匿妇女，亦复不少，亦有惊饿死者。

查焚尸载簿，不过八日，共八十余万，其落井投河，闭门焚缢者，不与焉。"

吾人为言以告我同胞曰：贼满人入关之时，被贼满人屠杀者，是非我高曾祖之高曾祖乎？是非吾高曾祖之高曾祖之伯叔兄舅乎？被贼满人奸淫者，是非吾高曾祖之高曾祖之妻之女之姊妹乎？（《扬州十日记》云："卒常谓人曰：'我辈征高丽，掳妇女数万人，无一失节者，何堂堂中国，无耻至此！'"读此言，可知当日好淫之至极。）

记曰："父兄之仇，不共戴天。"此三尺童子所知之义，故子不能为父兄报仇，以托诸其子，子以托诸孙，孙又以托诸玄来仍。是高曾祖之仇，即吾今父兄之仇也。父兄之仇不报，而犹厚颜以事仇人，日日言孝弟，吾不知孝弟之果何在也。高曾祖若有灵，必当不瞑目于九原。

中国之有孔子，无人不尊崇为大圣人也。曲阜孔子庙，又人人知为礼乐之邦，教化之地，拜拟不置，如耶稣之耶路撒冷也。乃贼满人割胶州于德，而请德人侮毁我尧、舜、禹、汤、文、武、周公道教之地，生民未有。神圣不可侵犯之孔子之乡，使神州四万万众，无教化而等伦于野蛮，是谁之罪欤？夫耶稣教新旧相争，犹不惜流血数百万人，我中国几何如？

一般服从之奴隶，有上尊号，崇谥法，尊谥为圣祖仁皇帝、高宗纯皇帝者，故在黑暗之时代，所号为令主贤君，及观《南巡录》所纪，实则淫掳无赖，鸟兽洪水，泛滥中国。(乾隆饮食黄角蜂，让张家口递至扬州，三日而至，于此可见其奢侈。)嗟夫！竭数省之民力，以供觉罗玄烨（即康熙）、觉罗弘历（即乾隆）二民贼之行止，方之隋炀、明武为比例差，吾不知其去几何？吾曾读《隋炀艳史》，吾安得其人再著一康熙、乾隆南游史，揭其禽兽之行，暴著天下。某氏以法王路易十四比乾隆，吾又不禁拍手不已，喜得其酷肖之神也。

主人之转卖其奴也，尚问其愿不愿。今以我之土地送人，并不问之，而私相授受；我同胞亦不与之计之较之。反任之听之。若台湾，若香港，若大连湾，若旅顺，若胶州，若广州湾，于未割让之先，于既割让之后，从未闻有一纸公文，布告天下。我同胞其自认为奴乎？吾不得而知之。此满洲人大忠臣荣禄所以有“与其授家奴，不如赠邻友”之言也。

牧人之畜牛马也，牛马何以受治于人？必曰：“人为万物之灵，天下只有人治牛马之理。”今我同胞，受治于贼满人之胯下，是即牛马之受治于牧人也。我同胞虽欲不自认为牛马，而彼实以牛马视吾。何以言之？有证在。今各州府县，苟有催租劝捐之告示出，必有“受朝廷数百年豢养深恩，力图报效”等语，煌煌然大贴于十字街衢之上，此识字者所知也。夫曰“豢养”也，即畜牧之谓也。吾同胞自食其力也，彼满洲人抢吾之财，攘吾之土，不自认为贼，而犹以牛马视吾。同胞乎！抑自居乎？抑不自居乎？

满洲人又有言曰：“二百年食毛践土，深仁厚泽，浃髓沦肌。”中国者，中国人之中国也，非贼满人所得而固有也。夫谁食谁之毛，谁践谁之土，不待辨别而自知。贼满人之为此言也，抑反言欤？抑实谓欤？请我同胞自道之。贼满人入关二百六十年，食吾同胞之毛，践吾同胞之土，同胞之深仁厚泽，沦其髓，浃其肌。吾同胞小便后，满洲人为我吸余尿，吾同胞大便后，满洲人为我舐余粪，犹不足以报我豢养深恩于万一。此言也，不出于我同胞之口，而反出诸于满洲人之口、丧心病狂，至于此极耶？

山海关外之一片地曰满洲，曰黑龙江，曰吉林，曰盛京，是非贱满人所谓发祥之地、游牧之地乎？贼满人因当竭力保守者也。今乃顿首再拜奉献于俄罗斯。有人焉，己不能自保，而犹望其保人，其可得乎？有人焉，不爱惜己之物，而犹望其爱惜人之物。其又可得乎？

拖辫发，着胡服，踯躅而行于伦敦之市，行人莫不曰：Pigtail（译言猪尾）、savage（译言野蛮）者，何为哉？又踯躅而行于东京之市，行人莫不曰：チャンチャンボッ（译音施尾奴才）者，何为哉？嗟夫！汉官威仪，扫地殆尽，唐制衣冠，荡然无存。吾抚吾所衣之衣，所顶之发，吾恻痛于心；吾见迎春时之春官衣饰，吾恻痛于心；吾见出殡时之孝子衣饰，吾恻痛于心；吾见官吏出行时，荷刀之红绿衣、喝道之皂隶，吾恻痛于心。辫发乎，胡服乎，开气袍乎，花翎乎，红顶乎，朝珠乎，为我中国文物之冠裳乎？抑打牲游牧贼满人之恶衣服乎？我同胞自认！

贼满人入关所下剃头之令，其略曰：

"向来剃头之制不急，姑听自便者，欲俟天下大定，始行此事。朕已筹之熟矣。君犹父也，臣犹子也，父子一体，岂可违异。若不归一，不见为异国人乎？自今布告之后，京城限旬日，直隶各省地方，自部文到日，并限旬日，尽行剃头，若惜发争辩，决不轻贷。"呜呼！此固我是汉人种，为牛为马，为奴为隶，抛汉、唐之衣冠，去父母之发肤，以服从满洲人之一大纪念碑也。同胞！同胞！吾愿我同胞，日日一读之！

娼妓之于人也，人尽可以为夫，皆为博缠头计也。我之为贼满人顺民，贼满人臣妾，从未见益我以多金。即有入其利禄诱导之中，登至尚书、总督之位，要皆以同胞括蚀同胞，而贼满人仍一毛不拔自若也。呜呼！我同胞何娼妓之不若！

吾同胞今日之所谓朝廷，所谓政府，所谓皇帝者，即吾畴昔之所谓曰夷、曰蛮、曰戎、曰狄、日匈奴、曰鞑靼；其部落居于山海关之外，本与我黄帝神明之子孙不同种族者也。其土则秽壤，其人则膻种，其心则兽心，其俗则毳俗，其文字不与我同，其语言不与我同，其衣服不与我同，逞其凶残淫杀之威，乘我中国流寇之乱，闯入中原，盘据上方，驱策汉人。以坐食其福。故祸至则汉人受之，福至则满人享之。太平天国之立（一作亡）也，以汉攻汉，山尸海血，所保者满人。甲午战争之起也，以汉攻倭，偿款二百兆，割地一行省，所保者满人。“团匪”之乱也，以汉攻洋，流血京、津。所保者满人。

故今日强也，亦满人强耳，于我汉人无与焉；故今日富也，亦满人富耳，于我汉人无与焉。同胞！同胞！毋引为己类！贼满人刚毅之言曰：“汉人强，满人亡。”彼族之明此理久矣，愿我同胞当蹈其言，毋食其言。

以言夫满洲人之对待我者固如此，以言夫我同胞之受害也又如彼，同胞！同胞！知所感乎？知所择乎？夫犬羊啮骨，犹嫌鲠喉，我同胞受此种种不平之感，殆有若铜驼石马者焉。然而贼满人之奴隶我者，尚不止此，吾心之所欲言者，而口不能达之，口之所能言者，而笔不能宣之。今召发一誓言以告人曰：有举满人对待我同胞之问题，以难于吾者，吾能杂搜博引，细说详辩，揭其隐衷微意，以著于天下。吾但愿我身化为恒河沙数，——一身中出——一舌，——一舌中发——一音，以演说贼满人驱策我、屠杀我、奸淫我、笼络我、虐待我之惨状于我同胞前。吾但愿我身化为无量恒河沙数名优巨伶，以演出贱满人驱策我、屠杀我、奸淫我、笼络我、虐待我之活剧于我同胞前。

且夫我中国固具有囊括宇内，震耀全球，抚视万国，凌轹五洲之资格者也。有二千万方里之土地，有四百兆灵明之国民，有五千余年之历史，有二帝三王之政治。且也地处温带，人性聪明，物产丰饶，江河源富，地球各国所无者，我中国独擅其有；倘使不受努尔哈齐、皇太极、福临诸恶贼之蹂躏，早脱满洲人之羁缚，吾恐英吉利也，俄罗斯也，德意志也，法兰西也，今日之张牙舞爪，以蚕食瓜分于我者，亦将迸气敛息，以惮我之威权，惕我之势力。吾恐印度也，波兰也，埃及也，土耳其也，亡之灭之者，不在英、俄诸国，而在我中国，亦题中应有之目耳。今乃不出于此，而为地球上数重之奴隶，使不得等伦于印度红巾（上海用印度人为巡捕）、非洲黑奴，吁！可惨也！夫亦大可丑也！夫亦大可耻也！呜呼！灭六国者，六国也，非秦也；族秦者，秦也，非天下也。满洲人亡我乎？抑我自亡乎？古人曰：“往者不可谏。来者犹可追。”昨日之中国，譬犹昨日死，今日之中国，譬犹今日生。过此以往，其光复中国乎？其为数重奴隶乎？天下事不兴则亡，不进则退，不自立则自杀，徘徊中立，万无能存于世界之理，我同胞速择焉。

我同胞处今之世，立今之日，内受满洲之压制，外受列国之驱迫，内患外侮，两相刺激，十年灭国，百年灭种，其信然夫。然达人有言曰：“欲御外侮，先清内患。”如是如是，则贼满人为我同胞之公敌，为我同胞之公仇，二百六十余年之奴隶犹能脱，数十年之奴隶勿论已。吾今与同胞约曰：“张九世复仇之义，作十年血战之期，磨吾刃，建吾旗，各出其九死一生之魄力，以驱除凌辱我之贼满人，压制我之贼满人，屠杀我之贼满人，好淫我之贼满人，以恢复我声明文物之祖国，以收回我天赋之权利，以挽回我有生以来之自由，以购取人人平等之幸福。”

嘻吁嘻！我中国其革命！我中国其革命！法人三次，美洲七年，是故中国革命亦革命，不革命亦革命，吾愿日日执鞭以从我同胞革命，吾祝我同胞革命。

“忍令上国衣冠，沦于夷狄；相率中原豪杰，还我河山！”我同胞其有是志也夫！

第三章　革命之教育

有野蛮之革命，有文明之革命。

野蛮之革命，有破坏，无建设，横暴恣睢，适足以造成恐怖之时代，如庚子之义和团，意大利之加坡拿里，为国民增祸乱。

文明之革命。有破坏，有建设。为建设而破坏，为国民购自由平等独立自主之一切权利，为国民增幸福。

革命者，国民之天职也；其根底源于国民，因于国民，而非一二人所得而私有也。

今试问吾侪何为而革命？必有障碍吾国民天赋权利之恶魔焉，吾侪得而扫除之，以复我天赋之权利。是则革命者、除祸害而求幸福者也。为除祸害而求幸福，此吾同胞所当顶礼膜拜者。为除祸害而求幸福，则是为文明之革命，此更吾同胞所当顶礼膜拜者也。

欲大建设，必先破坏，欲大破坏，必先建设，此千古不易之定论。吾侪今日所行之革命，为建设而破坏之革命也。虽然，欲行破坏，必先有以建设之。善夫意大利建国豪杰玛志尼之言曰："革命与教育并行。"吾于是鸣于我同胞曰："革命之教育。"更译之曰："革命之前，须有教育，革命之后，须有教育。"

今日之中国，实无教育之中国也，吾不忍执社会上种种可丑、可贱、可厌嫌之状态，以出于笔下。吾但谥之曰："五官不具，四肢不全，人格不完。"吾闻法国未革命以前，其教育与邻邦等，美国未革命以前，其教育与英人等，此兴国之往迹，为中国所未梦见也。吾闻印度之亡也，其无教育与中国等，犹太之灭也，其无教育与中国等，此亡国之往迹，我国擅其有也。不宁惟是：十三州之独立，德意志之联邦，意大利之统一，试读其革命时代之历史，所以鼓舞民气，宣战君主，推倒母国，诛杀贵族，倡言自由，力尊自治，内修战事，外抗强邻。上自议院宪法，下至地方制度，往往于兵连祸结之时，举国糜烂之日，建立宏猷，体国经野，以为人极。一时所谓革命之健儿，建国之豪杰，流血之巨子，其道德，其智识，其学术，均具有振衣昆仑顶，濯足太平洋之慨焉。吾崇拜之，吾倾慕之，吾究其所以致此之原因，要不外乎教育耳。若华盛顿，若拿破仑，此地球人种所推尊为大豪杰者也，然一华盛顿、一拿破仑倡之，而无百千万亿兆华盛顿、拿破仑和之，一华盛顿何如？一拿破仑何如？其有愈于华、拿二人之才之识之学者又何如？

有有名之英雄，有无名之英雄，华、拿者，不过其时抛头颅溅热血无名无量之华、拿之代表耳！今日之中国，固非一华盛顿、一拿破仑所克有济也，然必须制造无量无名之华盛顿、拿破仑，其庶乎有济。吾见有爱国忧时之志士，平居深念，自尊为华、拿者，若而人其才识之愈于华、拿与否，吾不敢知之，吾但以有名之英雄尊之。而此无量无名之英雄，则归诸冥冥之中，甲以尊诸乙，乙又以尊诸丙，呜呼，不能得其主名者也。今专标斯义，相约数事，以与我同胞共勉之。

一、当知中国者，中国人之中国也。中国之一块土，为我始祖黄帝所遗传，子子孙孙，绵绵延延，生于斯，长于斯，衣食于斯，当共守其勿替。有异种贱族，染指于我中国，侵占我皇汉民族之一切权利者，吾同胞当不惜生命，共逐之以复我权利。

一、人人当知平等自由之大义。有生之初，无人不自由，即无人不平等，初无所谓君也，所谓臣也。若尧、舜，若禹、稷，其能尽义务于同胞，开莫大之利益，以孝敬于同胞，故吾同胞视之为代表，尊之为君，实不过一团体之头领耳，而平等自由也自若。

后世之人，不知此意，一任无数之民贼、独夫、大寇、巨盗，举众人所有而独有之，以为一家一姓之私产，而自尊曰君，曰皇帝，使天下之人无一平等，无一自由，甚至使成吉思汗、觉罗福临等，以游牧贱族，入主我中国，以羞我始祖黄帝于九原，故我同胞今日之革命，当共逐君临我之异种，杀尽专制我之君主，以复我天赋之人权，以立于性天智日之下，以与我同胞熙熙攘攘，游幸于平等自由城郭之中。

一、当有政治法律之观念。政治者，一国办事之总机关也，非一二人所得有之事也。

譬如机器，各机之能运动，要在一总枢纽，倘使余机有损，则枢纽不灵。人民之于政治，亦犹是也。然人民无政治上之观念，则灭亡随之；鉴于印度，鉴于波兰，鉴于已亡之国罔不然。法律者，所以范围我同胞，使之无过失耳。昔有曰："野蛮人无自由。"野蛮人何以无自由？无法律之谓耳。我能杀人，人亦能杀我，是两不自由也。条顿人之自治力，驾于他种人者何？有法律之观念故耳。由斯三义，更生四种：

一曰养成上天下地，惟我独尊，独立不羁之精神。

一曰养成冒险进取，赴汤蹈火，乐死不辟之气概。

一曰养成相亲相爱。爱群敬已，尽瘁义务之公德。

一曰养成个人自治，团体自治，以进人格之人群。

第四章　革命必剖清人种

地球之有黄白二种，乃天予之以聪明才武，两不相下之本质，使之发扬蹈厉，交战于天演界中，为亘古角力较智之大市场，即为终古物竞进化之大舞台。夫人之爱其种也，其内必有所结，而后外有所排。故始焉自结其家族以排他家族，继焉自结其乡族以排他乡族，继焉自结其部族以排他部族，终焉自结其国族以排他国族，此世界人种之公理，抑亦人种产历史之大原因也。吾黄种，吾黄种之中国之皇汉人种，吾就东洋历史上，能相结相排之人种，为我同胞述之，使有所观感焉。

亚细亚黄色人种，约别为二种：曰中国人种，曰西伯利亚人种。

中国人种蔓延于中国本部、西藏及后印度一带地方，更详别为三族：第一，汉族。汉族者，东洋史上最特色之人种，即吾同胞是也。据中国本部，栖息黄河沿岸，而次第蕃殖于四方，自古司东亚文化之木铎者，实惟我皇汉民族焉。朝鲜、日本亦为我汉族所蕃殖。

第二，西藏族。自西藏蔓延克什米尔、泥八剌及缅甸一带地方，殷周时之氐、羌，秦汉时之月氏，唐之吐蕃，南宋之西夏等，皆属此族。

第三，交趾支那族。自支那西南部（即云南、贵州诸省），而蔓延于安南、暹罗等国，此族在古代，似占据中国本部，而为汉族所渐次驱逐者，周以前之苗民、荆蛮，唐之南诏，盖属此族。西伯利亚人种，自东方亚细亚北部，蕃殖北方亚细亚一带，今更详别之，凡四族。

第四，蒙古族。原蕃殖于西伯利亚之贝加尔湖东边一带，其后次第南下，今日乃自内外蒙古，蔓延天山北路一带地方。元朝由此族而起，将统一欧亚。印度之莫卧尔帝国，亦由此起。

第五，通古斯族。自朝鲜北部，经满洲而蔓延于黑龙江附近地。秦汉时之东胡，汉以后之鲜卑，隋唐时之靺鞨，唐末之契丹，宋之女真等，皆属此族。今日入主我中国之满洲人，亦由此族而兴焉。

第六，土耳其族。原蕃殖于内外蒙古地；后渐西移，今日则自天山南路，凡中央亚细亚一带地方，多为此族占据。周以前之玁釁、狎狁，汉之匈奴，南北朝之柔然，隋之突厥，唐之回纥等，皆属此族。今东欧之土耳其，亦此族所建。

今就今日人种之能成立者，列表如下：

汉族（中国人）　　朝鲜人　　暹罗人

黄种：中国人种；其他：日本人

西藏人　　其他亚西亚东部人　　蒙古族

满洲人（今日之所谓政府皇帝者）

蒙古族：西伯利亚人（古鞑靼人）

其他亚西西北、中部人

西伯利亚人种：土耳其人

土耳其族：匈牙利人

其他在欧洲之黄种人由是以观，我皇汉民族，起自黄河东北一带之地，经历星霜，四方繁衍，秦汉之世，已满布中国之全面，以中国本部为生息之乡。降及今日，人口充溢四万万，为地球绝大蕃多、无有伦比之民族，其流出万里长城以外，青海、西藏之地者，达一千余万之多。更进而越日本之境，或侵入北方黑龙江之左岸俄界，或达南方，进入安南、交趾、柬蒲塞、暹罗、缅甸、马来半岛。更入太平洋，侵入布哇、美洲合众国、加拿大、秘鲁、伯拉。逾南洋侵入吕宋、爪哇、浡泥及澳洲、欧洲者，亦不下三四百万。无资力者，孜孜励精，以劳力压倒凌驾他国人民。有资力者，拥数十百万之资本，与欧美之富商大贾，争胜败于商场中，而不相下。我汉族之富于扩张种族之势力者有如此，即以二十世纪世界之主人翁，推尊我汉族，吁！亦非河汉之言也。

呜呼我汉种！是岂飞扬祖国之汉种，是岂独立亚细亚大陆上之汉种，是岂为伟大国民之汉种。呜呼汉种！汉种虽众，适足为他种人之奴隶；汉地更广，适足供他种人之栖息。汉种！汉种！不过为满洲人恭顺忠义之臣民。汉种！汉种！又由满洲人介绍为欧美各国人之奴隶。吾宁使汉种亡尽，杀尽，死尽，而不愿其享升平盛世，歌舞河山，优游于满洲人之胯下。吾宁使汉种亡尽，杀尽，死尽，而不愿其为洪承畴，为细崽，为通事，为买办，为翻译于地球各国人之下。吾悲汉种，吾先以种族之念觉汉种。

执一人而谓之曰："汝之父，非真汝父也，为汝父者，某某也。"其人莫不立起而怒，以得其直而后已。又一家人，父子、夫妇、兄弟，相居无事也，忽焉来一强暴，入其室，据其财产，又奴其全家人，则其家人莫不奋力死斗，以争回原产而后已。夫语人有二父而不怒，夺人之家产而不争，是其人不行尸走肉，即僵尸残骸。吾特怪吾同胞，以一人所不能忍受之事，举国人忍受之；以一家所不能忍受之事，举族忍受之，悲夫！

满洲人入关，称大清朝顺民；联军破北京，称某某国顺民；香港人立维多利亚纪念碑曰"德配天地"；台湾人颂明治天皇功德曰"德广皇仁"。前之为大金、大元、大辽、大清朝之顺民既去矣，今之为大英、大法、大俄、大美国之顺民者又来。此无他，不明于同种异种之观念，而男盗女娼，羞祖辱宗之事，亦何不可为！

吾正告我同胞曰：昔之禹贡九州，今日之十八行省，是非我皇汉民族嫡亲同胞，生于斯，长于斯，聚国族于斯之地乎？黄帝之子孙，神明之胄裔，是非我皇汉民族嫡亲同胞之名誉乎？中国华夏，蛮夷戎狄，是非我皇汉民族，嫡亲同胞，区分人种之大经乎？

满洲人与我不通婚姻，我犹是清清白白黄帝之子孙也。夫人之于家庭，则莫不相亲相爱，对异性则不然，有感情故耳。我同胞岂忍见此莫大之奇辱，而无一毫感情动于中耶？爱尔兰隶于英，以人种稍异，故数与英人争，卒得其自治而后已。谚曰：“非我族类，其心必异。”又曰：“狼子野心，是乃狼也。”我同胞其三复斯言；我同胞其有志跳身大海洋中，涌大海洋之水，以洗洁我同胞羞祖辱宗男盗女娼之大耻大辱乎？

第五章　革命必先去奴隶之根性

曰国民，曰奴隶，国民强，奴隶亡。国民独立，奴隶服从。中国黄龙旗之下，有一种若国民，非国民，若奴隶，非奴隶，杂糅不一，以组织成一大种。谓其为国民乎？吾敢谓群四万万人而居者，即具有完全之奴颜妾面。国民乎何有！尊之以国民，其污秽此优美之名词也孰甚！若然，则以奴隶畀之，吾敢拍手叫绝曰：“奴隶者，为中国人不雷同，不普通，独一无二之徽号。”

印度之奴隶于英也，非英人欲奴隶之，印人自乐为奴隶也。安南之奴隶于法也，非法奴隶之，安南人自乐为奴隶也。我中国人之奴隶于满洲、欧美人也，非满洲、欧美欲奴隶之，中国人自乐为奴隶耳。乐为奴隶，则请释奴隶之例。

奴隶者，与国民相对待，而不耻于人类之贱称也。国民者，有自治之才力，有独立之性质，有参政之公权，有自由之幸福，无论所执何业，而皆得为完全无缺之人。曰奴隶也，则既无自治之力，亦无独立之心，举凡饮食、男女、衣服、居处，莫不待命于主人，而天赋之人权，应享之幸福，亦莫不奉之主人之手。衣主人之衣，食主人之食，言主人之言，事主人之事，倚赖之外无思想，服从之外无性质，谄媚之外无笑语，奔走之外无事业，伺候之外无精神，呼之不敢不来，麾之不敢不去，命之生不敢不生，命之死不敢不死。得主人之一盼，博主人之一笑，如获异宝、登天堂，夸耀于侪辈以为荣；及撄主人之怒，则俯首屈膝，气下股栗，至极其鞭扑践踏，不敢有分毫抵忤之色，不敢生分毫愤奋之心，他人视为大耻辱，不能一刻忍受，而彼无怒色，无忤容，怡然安其本分，乃几不复自知为人。而其人亦为国人所贱耻，别为异类，视为贱种，妻耻以为夫，父耻以为子，弟耻以为兄，严而逐之于平民之外，此固天下奴隶之公同性质，而天下之视奴隶者，即无不同此贱视者也。我中国人固擅奴隶之所长，父以教子，兄以勉弟，妻以谏夫，日日演其惯为奴隶之手段。呜呼！人何幸而为奴隶哉！亦何不幸而为奴隶哉！

且夫我中国人之乐为奴隶、不自今日始也。或谓秦汉以前有国民，秦汉以后无国民。

吾谓宴息于专制政体之下者，无所往而非奴隶。数千年来，名公巨卿，老师大儒，所以垂教万世之二大义，曰忠，曰孝，更释之曰："忠于君，孝于亲。"吾不解忠君之谓何。

吾见夫法、美诸国之无君可忠也，而斯民遂不得等伦于人类耶？吾见夫法、美等国之无君可忠，而其国人尽瘁国事之义务，殆一日不可缺焉。夫忠也，孝也。是固人生重大之美德也。以言夫忠于国也则可，以言夫忠于君也则不可。何也？人非父母无以自生，非国无以自存，故对于父母国家，自有应尽之义务焉，而非为一姓一家之家奴走狗者，所得冒其名以相传习也。

中国人无历史，中国之所谓二十四朝之史，实一部大奴隶史也。自汉末以迄今日，凡一千七百余年，中国全土，为奴隶于异种者，三百五十八年；黄河以北，为奴隶于异种者，七百五十九年。呜呼！黄帝之子孙，忍令率其嫡亲之同胞，举其世袭之土地，为他族所奴隶者，何屡见而不一。“箪食壶浆，以迎王师”，“纡青拖紫，臣妾骄人”，“二圣青衣行酒会，九哥白马渡江来”，忠君忠君，此张弘范、洪承畴之所以前后辉映也，此中国人之所以为奴隶也。

曾国藩也，左宗棠也，李鸿章也，此大清朝皇帝所谥为文正、文襄、文忠者也，此当道名人所推尊为中兴三杰，此庸夫俗子所羡为封侯拜相，此科举后生所悬拟崇拜不置者。然吾闻德相毕士麻克呵李鸿章曰：“我欧洲人以平异种为功，未闻以残戮同胞为功。”嗟夫！吾安得起曾、左而闻是言！吾安得起曾、左以前之曾、左而共闻是言！吾安得起曾、左以后之曾、左，上自独当一面之官府，下至不足轻重之官吏，而亦共闻是言！夫曾、左、李三人者，亦自谓为读书有得，比肩贤哲之人也！而犹忍心害理，屠戮同胞，为满洲人忠顺之奴隶也如是，其他何足论。吾无以比之，比之以李自成、张献忠，吾犹嫌其不肖，李、张之所以屠戮同胞，而使满洲人入主中国也，李、张因无常识，不读书，又为明之弊政所迫，而使之不得不然，吾犹为之恕。曾、左、李三人者，明明自自知为汉种也，为封妻荫子，屠戮同胞以请满洲人再主中国也，吾百解而不能为之恕。

某氏谓英人助满洲平太平天国。亡汉种之罪，英人与有力焉。呜呼！是又因乌及屋之微意也。

曾、左、李者，中国人为奴隶之代表也。曾、左、李去，曾、左、李来，柔顺也，安分也，韬晦也，服从也，做官也，发财也，中国人造奴隶之教科书也。举一国之人，无一不为奴隶，举一国之人，无一不为奴隶之奴隶，二千年以前皆奴隶，二千年以后亦必为奴隶。同胞乎！同胞乎！法国议院中，无安南人足迹，英国议院中，无印度人足迹，日本议院中，无台湾人足迹。印度人之为奴隶也，犹得绕红布头巾为巡捕立于上海、香港之十字街头上，驱策中国人以为乐。然吾试问我同胞，曾否于地球面积上，择一为巡捕之地，驱策异种人以为乐？面包一块，山芋一碟，此固非洲黑奴之旧生活也，同胞！同胞！其重思之！

吾先以一言叫起我同胞曰：国民，吾愿我同胞，万众一心，肢体努力，以砥以砺，拔去奴隶之根性，以进为中国之国民。法人革命前之奴隶，卒收革命之成功。美洲独立前之奴隶，卒脱英人之制缚。此无他，能自认为国民耳。吾故曰：革命必先去奴隶之根性。非然者，天演如是，物竞如是，有国民之国，群起染指于我中土，我同胞其将由今日之奴隶，以进为数重奴隶，由数重奴隶，而猿猴，而野豕，而蚌介，而荒荒大陆，绝无人烟之沙漠也。

近人有乐府一首，名《奴才好》云：

奴才好，奴才好，勿管内政与外交，大家鼓里且睡觉。古人有句常言道，臣当忠，子当孝，大家切勿胡乱闹。满洲入关二百年，我的奴才做惯了，他的江山他的财，他要分人听他好。转瞬洋人来，依旧做奴才。他开矿产我做丁，他开洋行我细崽，他要招兵我去当，他要通事我也会，内地还有甲必丹，收赋治狱荣巍巍。满奴作了作洋奴，奴性相传入脑胚，父诏兄勉说忠孝，此是忠孝他莫为。什么流血与革命，什么自由与均财，狂悖都能害性命，倔强那肯就范围。我辈奴仆当戒之，福泽所关慎所归。大金、大元、大清朝，主人国号已屡改，何况大英、大法、大美国，换个国号任便戴。奴才好！

奴才乐！世有强者我便服。三分刁黠九分媚，世事何者为龌龊？料理乾坤世有人，坐阅风云多反复，灭种覆族事遥遥，此事解人已难索。堪笑维新诸少年，甘赴汤火蹈鼎镬，达官震怒外人愁，身死名败相继仆。但识争回自主权，岂知已非求已学。奴才好！奴才好！奴才到处皆为家，何必保种与保国！

第六章　革命独立之大义

与贵族重大之权利，害人民营业之生活，擅加租赋，胁征公债，重抽航税，此英国议院所以不服查理王而倡革命之原因也。滥用名器，致贵贱贫富之格大相悬殊，既失保民之道，而又赋敛无度，此法国志士仁人所以不辞暴举逆乱之名，而出于革命之原因也。重征茶课，横加印税，不待立法院之承允，而驻兵民间，此美人所以抗论于英人之前，遂以亚美利加之义旗，飘扬于般岌剌山，而大倡革命至成独立之原因也。吾不惜再三重申详言曰："内为满洲人之奴隶，受满洲人之暴虐，外受列国人之刺击，为数重之奴隶，将有亡种殄种之难者，此吾黄帝神明之汉种，今日倡革命独立之原因也。"

自格致学日明，而天予神授为皇帝之邪说可灭。自世界文明日开，而专制政体一人奄有天下之制可倒。自人智日聪明，而人人皆得有天赋之权利可享。今日，今日，我皇汉人民，永脱满洲之羁绊，尽复所失之权利，而介于地球强国之间，盖欲全我天赋平等自由之位置，不得不革命而保我独立之权。嗟予小子无学，顽陋不足以言革命独立之大义，兢兢业业，谨模拟美国革命独立之义，约为数事，再拜顿首，献于我最敬最亲爱之皇汉人种四万万同胞前，以备采行焉如下：

一、中国为中国人之中国。我同胞皆须自认自己的汉种中国人之中国。

一、不许异种人沾染我中国丝毫权利。

一、所有服从满洲人之义务一律取消。

一、先推倒满洲人所立之北京野蛮政府。

一、驱逐住居中国中之满洲人，或杀以报仇。

一、诛杀满洲人所立之皇帝，以儆万世不复有专制之君主。

一、对敌干预我中国革命独立之外国及本国人。

一、建立中国政府，为全国办事之总机关。

一、区分省分，于各省中投票公举一总议员，由各省总议员中投票公举一人为暂行大总统，为全国之代表人，又举一人为副总统，各府州县，又举议员若干。

一、全国无论男女，皆为国民。

一、全国男子有军国民之义务。

一、人人有承担国税之义务。

一、全国当致忠于此所新建国家之义务。

一、凡为国人，男女一律平等，无上下贵贱之分。

一、各人不可夺之权利，皆由天授。

一、生命，自由，及一切利益之事，皆属天赋之权利。

一、不得侵人自由，如言论。思想、出版等事。

一、各人权利必要保护。须经人民公许，建设政府，而各假以权，专掌保护人民权利之事。

一、无论何时，政府所为，有干犯人民权利之事，人民即可革命，推倒旧日政府，而求遂其安全康乐之心。迨其既得安全康乐之后，经承公认，整顿权利，更立新政府，亦为人民应有之权利。

若建立政府之后，少有不洽众望，即欲群起革命，朝更夕改，如奕棋之不定，固非新建国家之道。天下事不能无弊，要能以平和为贵，使其弊不致大害人民，则与其颠覆昔日之政府，而求伸其权利，毋宁平和之为愈。然政府之中，日持其弊端暴政相继施行，举一国人民，悉措诸专制政体之下，则人民起而颠覆之，更立新政，以求遂其保全权利之心，岂非人民至大之权利，且为人民自重之义务哉？我中国人之忍苦受困，已至是而极矣。今既革命独立，而犹为专制政体所苦，则万万不得甘心者矣，此所以不得不变昔日之政体也。

一、定名中华共和国（清为一朝名号，支那为外人呼我之词）。

一、中华共和国，为自由独立之国。

一、自由独立国中，所有宣战、议和、订盟、通商，及独立国一切应为之事，俱有十分权利，与各大国平等。

一、立宪法，悉照美国宪法，参照中国性质立定。

一、自治之法律，悉照美国自治法律。

一、凡关全体个人之事，及交涉之事，及设官分职，国家上之事，悉准美国办理。

皇天后土，实共鉴之。

第七章 结论

我皇汉民族四万万男女同胞，老年、晚年、中年、壮年、少年、幼年，其革命，其以此革命为人人应有之义务，其以此革命为日日不可缺之饮食。尔毋自暴！尔毋自弃！

尔之土地，占亚洲三分之二，尔之同胞，有地球五分之一，尔之茶供世界亿万众之饮料而有余，尔之煤供全世界二千年之燃料亦无不足。尔有黄祸之先兆，尔有神族之势力。

尔有政治，尔自司之；尔有法律，尔自守之；尔有实业，尔自理之；尔有军备，尔自整之；尔有土地，尔自保之；尔有无穷无尽之富源，尔须自挥用之。尔实具有完全不缺的革命独立之资格，尔其率四万万同胞之国民，为同胞请命，为祖国请命。掷尔头颅，暴尔肝脑，与尔之世仇满洲人，与尔之公敌爱新觉罗氏，相驰骋于枪林弹雨中；然后再扫荡于涉尔主权之外来恶魔，尔国历史之污点可洗，尔祖国之名誉飞扬，尔之独立旗已高标于云霄，尔之自由钟已哄哄于禹城，尔之独立厅已雄镇于中央，尔之纪念碑已高耸于高风，尔之自由神已左手指天，右手指地，为尔而出现。嗟夫！天清地白，霹雳一声，惊数千年之睡狮而起舞，是在革命，是在独立。

皇汉人种革命独立万岁！中华共和国万岁！中华共和国四万万同胞的自由万岁！

可爱的中国

方志敏

这是一间囚室。

这间囚室，四壁都用白纸裱糊过，虽过时已久，裱纸变了黯黄色，有几处漏雨的地方，并起了大块的黑色斑点；但有日光照射进来，或是强光的电灯亮了，这室内仍显得洁白耀目。对天空开了两道玻璃窗，光线空气都不算坏。对准窗子，在室中靠石壁放着一张黑漆色长方书桌，桌上摆了几本厚书和墨盒茶盅。桌边放着一把锯短了脚的矮竹椅；接着竹椅背后，就是一张铁床；床上铺着灰色军毯，一床粗布棉被，折叠了三层，整齐的摆在床的里沿。在这室的里面一角，有一只未漆的未盖的白木箱摆着，木箱里另有一只马桶躲藏在里面，日夜张开着口，承受这室内囚人每日排泄下来的秽物。在白木箱前面的靠壁处，放着一只蓝磁的痰盂，它像与马桶比赛似的，也是日夜张开着口，承受室内囚人吐出来的痰涕与丢下去的橘皮蔗渣和纸屑。骤然跑进这间房来，若不是看到那只刺目的很不雅观的白方木箱，以及坐在桌边那个钉着铁镣一望而知为囚人的祥松，或者你会认为这不是一间囚室，而是一间书室了。

的确，就是关在这室内的祥松，也认为比他十年前在省城读书时所住的学舍的房间要好一些。

这是看守所优待号的一间房。这看守所分为两部，一部是优待号，一部是普通号。优待号是优待那些在政治上有地位或是有资产的人们。他们因各种原因，犯了各种的罪，也要受到法律上的处罚；而他们平日过的生活以及他们的身体，都是不能耐住那普通号一样的待遇；把他们也关到普通号里去，不要一天两天，说不定都要生病或生病而死，那是万要不得之事。故特辟优待号让他们住着，无非是期望着他们趁早悔改的意思。所以与其说优待号是监狱，或者不如说是休养所较为恰切些，不过是不能自由出入罢了。比较那潮湿污秽的普通号来，那是大大的不同。在普通号吃苦生病的囚人，突然看到优待号的清洁宽敞，心里总不免要发生一个是天堂，一个是地狱之感。

因为祥松是一个重要的政治犯，官厅为着要迅速改变他原来的主义信仰，才将他从普通号搬到优待号来。

祥松前在普通号，有三个同伴同住，谈谈讲讲，也颇觉容易过日。现在是孤零一人，镇日坐在这囚室内，未免深感寂寞了。他不会抽烟，也不会喝酒，想借烟来散闷，酒来解愁，也是做不到的。而能使他忘怀一切的，只是读书。他从同号的难友处借了不少的书来，他原是爱读书的人，一有足够的书给他读读看看，就是他脚上钉着的十斤重的铁镣也不觉得它怎样沉重压脚了。尤其在现在，书像是医生手里止痛的吗啡针，他一看起书来，看到津津有味处，把他精神上的愁闷与肉体上的苦痛，都麻痹地忘却了。

到底他的脑力有限，接连看了几个钟头的书，头就会一阵一阵的胀痛起来，他将一双肘节放在桌上，用两掌抱住胀痛的头，还是照原看下去，一面咬紧牙关自语："尽你痛！痛！再痛！脑溢血，晕死去罢！"直到脑痛十分厉害，不能再耐的时候，他才丢下书本，在桌边站立起来。或是向铁床上一倒，四肢摊开伸直，闭上眼睛养养神；或是在室内从里面走到外面，又从外面走到里面的踱着步；再或者站在窗口望着窗外那么一小块沉闷的雨天出神；也顺利望望围墙外那株一半枯枝，一半绿叶的柳树。他一看到那一簇浓绿的柳叶，他就猜想出遍大地的树木，大概都在和暖的春风吹嘘中，长出艳绿的嫩叶来了——他从这里似乎得到一点儿春意。

他每天都是这般不变样地生活着。

今天在换班的看守兵推开门来望望他——换班交代最重要的一个囚人——的时候，却看到祥松没有看书，也没有踱步，他坐在桌边，用左手撑住头，右手执着笔在纸上边写边想。祥松今天似乎有点什么感触，要把它写出来。他在写些什么呢？

啊！他在写着一封给朋友们的信。

亲爱的朋友们：

我终于被俘入狱了。

关于我被俘入狱的情形，你们在报纸上可以看到，知道大概，我不必说了。我在被俘以后，经过绳子的绑缚，经过钉上粗重的脚镣，经过无数次的拍照，经过装甲车的押解，经过几次群众会上活的示众，以至关入笼子里，这些都像放电影一般，一幕一幕的过去！我不愿再去回忆那些过去了的事情，回忆，只能增加我不堪的羞愧和苦恼！我也不愿将我在狱中的生活告诉你们。朋友，无论谁入了狱，都得感到愁苦和屈辱，我当然更甚，所以不能告诉你们一点什么的新闻。我今天想告诉你们的却是另外一个比较紧要的问题，即是关于爱护中国，拯救中国的问题，你们或者高兴听一听我讲这个问题罢。

我自入狱后，有许多人来看我：他们为什么来看我，大概是怀着到动物园里去看一只新奇的动物一样的奇心罢？他们背后怎样评论我，我不能知道，而且也不必一定要知道。就他们当面对我讲的话，他们都承认我是一个革命者；不过他们认为我只顾到工农阶级的利益，忽视了民族的利益，像我并不是热心爱中国爱民族的人。朋友，这是真实的话吗？工农阶级的利益，会是与民族的利益冲突吗？不，绝不是的，真正为工农阶级谋解放的人，才正是为民族谋解放的人，说我不爱中国不爱民族，那简直是对我一个天大的冤枉了。

我很小的时候，在乡村私塾中读书，无知无识，不知道什么是帝国主义，也不知道帝国主义如何侵略中国，自然，不知道爱国为何事。以后进了高等小学读书，知识渐开，渐渐懂得爱护中国的道理。一九一八年爱国运动波及到我们高小时，我们学生也开起大会来了。

在会场中，我们几百个小学生，都怀着一肚子的愤恨，一方面痛恨日本帝国主义无餍的侵略，另一方面更痛恨曹、章等卖国贼的狗肺狼心！就是那些年青的教师们（年老的教师们，对于爱国运动，表示不甚关心的样子），也和学生一样，十分激愤。宣布开会之后，一个青年教师跑上讲堂，将日本帝国主义提出的灭亡中国的二十一条，一条一条地边念边讲。他的声音由低而高，渐渐地吼叫起来，脸色涨红，渐而发青，颈子胀大得像要爆炸的样子，满头的汗珠子，满嘴唇的白沫，拳头在讲桌上捶得碰碰响。听讲的我们，在这位教师如此激昂慷慨的鼓动之下，那一个不是鼓起嘴巴，睁大着眼睛——每对透亮的小眼睛，都是红红的像要冒出火来；有几个学生竟流泪哭起来了。朋友，确实的，在这个时候，如果真有一个日本强盗或是曹、章等卖国贼的那一个站在我们的面前，那怕不会被我们一下打成肉饼！会中，通过抵制日货，先要将各人身边的日货销毁去，再进行检查商店的日货，并出发对民众讲演，唤起他们来爱国。会散之后，各寝室内扯抽屉声，开箱笼声，响得很热闹，大家都在急忙忙地清查日货呢。

“这是日货，打了去！”一个玻璃瓶的日本牙粉扔出来了，扔在阶石上，立即打碎了，淡红色的牙粉，飞洒满地。

“这也是日货，踩了去！”一只日货的洋磁脸盆，被一个学生倒仆在地上，猛地几脚踩凹下去，磁片一片片地剥落下来，一脚踢出，磁盆就像含冤无诉地滚到墙角里去了。

“你们大家看看，这床席子大概不是日本货吧？”一个学生双手捧着一床东洋席子，表现很不能舍去的样子。

大家走上去一看，看见席头上印了“日本制造”四个字，立刻同声叫起来：

“你的眼睛瞎了，不认得字？你舍不得这床席子，想做亡国奴！？”不由分说，大家伸出手来一撕，那床东洋席，就被撕成碎条了。

我本是一个苦学生，从乡间跑到城市里来读书，所带的铺盖用品都是土里土气的，不容易弄到几个钱来，买了日本牙刷，金刚石牙粉，东洋脸盆，并也有一床东洋席子。我明知销毁这些东西，以后就难得钱再买，但我为爱国心所激动，也就毫无顾惜地销毁了。我并向同学们宣言，以后生病，就是会病死了，也决不买日本的仁丹和清快丸。

从此以后，在我幼稚的脑筋中，作了不少的可笑的幻梦：我想在高小毕业后，即去投考陆军学校，以后一级一级的升上去，带几千兵或几万兵，打到日本去，踏平三岛！我又想，在高小毕业后，就去从事实业，苦做苦积，那怕不会积到几百万几千万的家私，一齐拿出来，练海陆军，去打东洋。读西洋史，一心想做拿破仑；读中国史，一心又想做岳武穆。这些混杂不清的思想，现在讲出来，是会惹人笑痛肚皮！但在当时我却认为这些思想是了不起的真理，愈想愈觉得津津有味，有时竟想到几夜失眠。

一个青年学生的爱国，真有如一个青年姑娘初恋时那样的真纯入迷。

朋友，你们知道吗？我在高小毕业后，既未去投考陆军学校，也未从事什么实业，我却到N城来读书了。N城到底是省城，比县城大不相同。在N城，我看到了许多洋人，遇到了许多难堪的事情，我讲一两件给你们听，可以吗？

只要你到街上去走一转，你就可以碰着几个洋人。当然我们并不是排外主义者，洋人之中，有不少有学问有道德的人，他们同情于中国民族的解放运动，反对帝国主义对中国的压迫和侵略，他们是我们的朋友。只是那些到中国来赚钱，来享福，来散播精神的鸦片——传教的洋人，却是有十分的可恶的。他们自认为文明人，认我们为野蛮人，他们是优种，我们却是劣种；他们昂头阔步，带着一种藐视中国人、不屑与中国人为伍的神气，总引起我心里的愤愤不平。我常想：“中国人真是一个劣等民族吗？真该受他们的藐视吗？我不服的，决不服的。”

有一天，我在街上低头走着，忽听得“站开！站开！”的喝道声。我抬头一望，就看到四个绿衣邮差，提着四个长方扁灯笼，灯笼上写着：“邮政管理局长”几个红扁字，四人成双行走，向前喝道；接着是四个徒手的绿衣邮差；接着是一顶绿衣大轿，四个绿衣轿夫抬着；轿的两旁，各有两个绿衣邮差扶住轿杠护着走；轿后又是四个绿衣邮差跟着。我再低头向轿内一望，轿内危坐着一个碧眼黄发高鼻子的洋人，口里衔着一枝大雪茄，脸上露出十足的傲慢自得的表情。“啊！好威风呀！”我不禁脱口说出这一句。邮政并不是什么深奥巧妙的事情，难道一定要洋人才办得好吗？中国的邮政，为什么要给外人管理去呢？

随后，我到K埠读书，情形更不同了。在K埠有了所谓租界上，我们简直不能乱动一下，否则就要遭打或捉。在中国的地方，建起外人的租界，服从外人的统治，这种现象不会有点使我难受吗？

有时，我站在江边望望，就看见很多外国兵舰和轮船在长江内行驶和停泊，中国的内河，也容许外国兵舰和轮船自由行驶吗？中国有兵舰和轮船在外国内河行驶吗？如果没有的话，外国人不是明白白欺负中国吗？中国人难道就能够低下头来活受他们的欺负不成？

就在我读书的**学校里，他们口口声声传那“平等博爱”的基督教；同是教员，又同是基督信徒，照理总应该平等待遇；但西人教员，都是二三百元一月的薪水，中国教员只有几十元一月的薪水；教国文的更可怜，简直不如去讨饭，他们只有二十余元一月的薪水。朋友，基督国里，就是如此平等法吗？难道西人就真是上帝宠爱的骄子，中国人就真是上帝抛弃的下流的瘪三？！

朋友，想想看，只要你不是一个断了气的死人，或是一个甘心亡国的懦夫，天天碰着这些恼人的问题，谁能按下你不挺身而起，为积弱的中国奋斗呢？何况我正是一个血性自负的青年！

朋友，我因无钱读书，就漂流到吸尽中国血液的唧筒——上海来了。最使我难堪的，是我在上海游法国公园的那一次。我去上海原是梦想着找个半工半读的事情做做，那知上海是人浮于事，找事难于登天，跑了几处，都毫无头绪，正在纳闷着，有几个穷朋友，邀我去游法国公园散散闷。一走到公园门口就看到一块刺目的牌子，牌子上写着“华人与狗不准进园”几个字。这几个字射入我的眼中时，全身突然一阵烧热，脸上都烧红了。这是我感觉着从来没有受过的耻辱！在中国的上海地方让他们造公园来，反而禁止华人入园，反而将华人与狗并列。这样无理的侮辱华人，岂是所谓“文明国”的人们所应做出来的吗？华人在这世界上还有立足的余地吗？还能生存下去吗？我想至此也无心游园了，拔起脚就转回自己的寓所了。

朋友，我后来听说因为许多爱国文学家著文的攻击，那块侮辱华人的牌子已经取去了。真的取去了没有？还没有取去？

朋友，我们要知道，无论这块牌子取去或没有取去，那些以主子自居的混蛋的洋人，以畜生看待华人的观念，是至今没有改变的。

朋友，在上海最好是埋头躲在鸽子笼里不出去，倒还可以静一静心！如果你喜欢向外跑，喜欢在“国中之国”的租界上去转转，那你不仅可以遇着“华人与狗”一类的难堪的事情，你到处可以看到高傲的洋大人的手杖，在黄包车夫和苦力的身上飞舞；到处可以看到饮得烂醉的水兵，沿街寻人殴打；到处可以看到巡捕手上的哭丧棒，不时在那些不幸的人们身上乱揍；假若你再走到所谓“西牢”旁边听一听，你定可以听到从里面传出来的包探捕头拳打脚踢毒刑毕用之下的同胞们一声声呼痛的哀音，这是他们利用治外法权来惩治反抗他们的志士！半殖民地民众悲惨的命运呵！中国民族悲惨的命运呵！

朋友，我在上海混不出什么名堂，仍转回K省来了。

我搭上一只J国轮船。在上船之前，送行的朋友告诉我在J国轮船，确要小心谨慎，否则船上人不讲理的。我将他们的忠告，谨记在心。我在狭小拥挤、汗臭屁臭、蒸热闷人的统舱里，买了一个铺位。朋友，你们是知道的，那时，我已患着很厉害的肺病，这统舱里的空气，是极不适宜于我的；但是，一个贫苦学生，能够买起一张统舱票，能够在统舱里占上一个铺位，已经就算是很幸事了。我躺在铺位上，头在发昏晕！等查票人过去了，正要昏迷迷的睡去，忽听到从货舱里发出可怕的打人声及喊救声。我立起身来问茶房什么事，茶房说，不要去理它，还不是打那些不买票的穷蛋。我不听茶房的话，拖着鞋向那货舱走去，想一看究竟。我走到货舱门口，就看见有三个衣服褴褛的人，在那堆叠着的白粮包上蹲伏着。一个是兵士，二十多岁，身体健壮，穿着一件旧军服。一个像工人模样，四十余岁，很瘦，似有暗病。另一个是个二十余岁的妇人，面色粗黑，头上扎一块青布包头，似是从乡下逃荒出来的样子。三人都用手抱住头，生怕头挨到鞭子，好像手上挨几下并不要紧的样子。三人的身体，都在战栗着。他们都在极力将身体紧缩着，好像想缩小成一小团子或一小点子，那鞭子就打不着那一处了。三人挤在一个舱角里，看他们的眼睛，偷偷地东张西张的神气，似乎他们在希望着就在屁股底下能够找出一个洞来，以便躲进去避一避这无情的鞭打，如果真有一个洞，就是洞内满是屎尿，我想他们也是会钻进去的。在他们对面，站着七个人，靠后一点，站着一个较矮的穿西装的人，身本肥胖的很，肚皮膨大，满脸油光，鼻孔下蓄了一小绺短须。两手叉在裤袋里，脸上浮露一种毒恶的微笑，一望就知道他是这场鞭打的指挥者。其余六个人，都是水手茶房的模样，手里拿着藤条或竹片，听取指挥者的话，在鞭打那三个未买票偷乘船的人们。

“还要打！谁叫你不买票！”那肥人说。

他话尚未说断，那六个人手里的藤条和竹片，就一齐打下。

“还要打！”肥人又说。藤条竹片又是一齐打下。每次打下去，接着藤条竹片的着肉声，就是一阵“痛哟！”令人酸鼻的哀叫！这种哀叫，并不能感动那肥人和几个打手的慈心，他们反而哈哈的笑起来了。

“叫得好听，有趣，多打几下！”那肥人在笑后命令地说。

那藤条和竹片，就不分下数的打下，“痛哟！痛哟！饶命呵！”的哀叫声，就更加尖锐刺耳了！

“停住！去拿绳子来！”那肥人说。

那几个打手，好像耍熟了把戏的猴子一样，只听到这句话，就晓得要做什么。马上就有一个跑去拿了一捆中粗绳子来。

“将他绑起来，抛到江里去喂鱼！”肥人指着那个兵士说。

那些打手一齐上前，七手八脚的将那兵士从糖包上拖下来，按倒在舱面上，绑手的绑手，绑脚的绑脚，一刻儿就把那兵士绑起来了。绳子很长，除缚结外，还各有一长段拖着。

那兵士似乎入于昏迷状态了。

那工人和那妇人还是用双手抱住头，蹲在糖包上发抖战，那妇人的嘴唇都吓得变成紫黑色了。

船上的乘客，来看发生什么事体的，渐来渐多，货舱门口都站满了，大家脸上似乎都有一点不平服的表情。

那兵士渐渐的清醒过来，用不大的声音抗议似的说：

“我只是无钱买船票，我没有死罪！”

拍的一声，兵士的面上挨了一巨掌！这是打手中一个很高大的人打的。他吼道：“你还讲什么？像你这样的狗东西，别说死一个，死十个百个又算什么！”

于是他们将他搬到舱沿边，先将他手上和脚上两条拖着的绳子，缚在船沿的铁栏干上，然后将他抬过栏干向江内吊下去。人并没有浸入水内，离水面还有一尺多高，只是仰吊在那里。被轮船激起的江水溅沫，急雨般打到他面上来。

那兵士手脚被吊得彻心彻骨的痛，大声哀叫。

那几个魔鬼似的人们，听到了哀叫，只是“好玩！好玩”的叫着跳着作乐。

约莫吊了五六分钟，才把他拉上船来，向舱板上一摔，解开绳子，同时你一句我一句的说着：“味道尝够了吗？”“坐白船没有那么便宜的！”“下次你还买不买票？”“下次你还要不要来尝这辣味儿？”“你想错了，不买票来偷搭外国船！”那兵士直硬硬地躺在那里，闭上眼睛，一句话也不答，只是左右手交换的去摸抚那被绳子嵌成一条深槽的伤痕，两只脚也在那吊伤处交互揩擦。

“把他也绑起来吊一下！”肥人又指着那工人说。

那工人赶从糖包上爬下来，跪在舱板上，哀恳地说：“求求你们不要绑我，不要吊我，我自己爬到江里去投水好了。像我这样连一张船票都买不起的苦命，还要它做什么！”他说完就望船沿爬去。

“不行不行，照样的吊！”肥人说。

那些打手，立即将那工人拖住，照样把他绑起，照样将绳子缚在铁栏干上，照样把他抬过铁栏干吊下去，照样地被吊在那里受着江水激沫的溅洒，照样他在难忍的痛苦下哀叫，也是吊了五六分钟，又照样把他吊上来，摔在舱板上替他解缚。但那工人并不去摸抚他手上和脚上的伤痕，只是眼泪如泉涌地流出来，尽在抽噎的哭，那半老人看来是很伤心的了！

“那妇人怎样耍她一下呢？”打手中一个矮瘦的流氓样子的人向肥人问。

“……”肥人微笑着不作声。

“不吊她，摸一摸她，也是有趣的呀！”

肥人点一点头。

那人就赶上前去，扯那妇人的裤腰。那妇人双脚打文字式的绞起，一双手用力遮住那小肚子下的地方，脸上红得发青了，用尖声喊叫：“嬲不得呀！嬲不得呀！”

那人用死力将手伸进她的腿胯里，摸了几摸，然后把手拿出来，笑着说：“没有毛的，光板子！光板子！”

“哈，哈，哈哈……”打手们哄然大笑起来了。

“打！”我气愤不过，喊了一声。

“谁喊打？”肥人圆睁着那凶眼望着我们威吓地喝。

“打！”几十个人的声音，从站着观看的乘客中吼了出来。

那肥人有点惊慌了，赶快移动脚步，挺起大肚子走开，一面急忙地说：

“饶了他们三个人的船钱，到前面码头赶下船去！”

那几个打手齐声答应“是”，也即跟着肥人走去了。

“真是灭绝天理良心的人，那样的虐待穷人！”“狗养的好凶恶！”“那个肥大头可杀！”“那几个当狗的打手更坏！”“咳，没有捶那班狗养的一顿！”在观看的乘客中，发生过一阵嘈杂的愤激的议论之后，都渐次散去，各回自己的舱位去了。

我也走回统舱里，向我的铺位上倒下去，我的头像发热病似的胀痛，我几乎要放声痛哭出来。

朋友，这是我永不能忘记的一幕悲剧！那肥人指挥着的鞭打，不仅是鞭打那三个同胞，而是鞭打我中国民族，痛在他们身上，耻在我们脸上！啊！啊！朋友，中国人难道真比一个畜生都不如了吗？你们听到这个故事，不也很难过吗？

朋友，以后我还遇着不少的像这一类或者比这一类更难堪的事情，要说，几天也说不完，我也不忍多说了。总之，半殖民地的中国，处处都是吃亏受苦，有口无处诉。但是，朋友，我却因每一次受到的刺激，就更加坚定为中国民族解放奋斗的决心。我是常常这样想着，假使能使中国民族得到解放，那我又何惜于我这一条蚁命！

朋友！中国是生育我们的母亲。你们觉得这位母亲可爱吗？我想你们是和我一样的见解，都觉得这位母亲是蛮可爱蛮可爱的。以言气候，中国处于温带，不十分热，也不十分冷，好像我们母亲的体温，不高不低，最适宜于孩儿们的偎依。以言国土，中国土地广大，纵横万数千里，好像我们的母亲是一个身体魁大、胸宽背阔的妇人，不像日本姑娘那样苗条瘦小。中国许多有名的崇山大岭，长江巨河，以及大小湖泊，岂不象征着我们母亲丰满坚实的肥肤上之健美的肉纹和肉窝？中国土地的生产力是无限的，地底蕴藏着未开发的宝藏也是无限的，废置而未曾利用起来的天然力，更是无限的，这又岂不象征着我们的母亲，保有着无穷的乳汁，无穷的力量，以养育她四万万的孩儿？我想世界上再没有比她养得更多的孩子的母亲吧。至于说到中国天然风景的美丽，我可以说，不但是雄巍的峨嵋，妩媚的西湖，幽雅的雁荡，与夫“秀丽甲天下”的桂林山水，可以傲睨一世，令人称羡；其实中国是无地不美，到处皆景，自城市以至乡村，一山一水，一丘一壑，只要稍加修饰和培植，都可以成流连难舍的胜景；这好像我们的母亲，她是一个天姿玉质的美人，她的身体的每一部份，都有令人爱慕之美。中国海岸线之长而且弯曲，照现代艺术家说来，这象征我们母亲富有曲线美吧。咳！母亲！美丽的母亲，可爱的母亲，只因你受着人家的压榨和剥削，弄成贫穷已极；不但不能买一件新的好看的衣服，把你自已装饰起来；甚至不能买块香皂将你全身洗擦洗擦，以致现出怪难看的一种憔悴褴褛和污秽不洁的形容来！啊！我们的母亲太可怜了，一个天生的丽人，现在却变成叫化的婆子！站在欧洲、美洲各位华贵的太太面前，固然是深愧不如，就是站在那日本小姑娘面前，也自惭形秽得很呢！

听着！朋友！母亲躲到一边去哭泣了，哭得伤心得很呀！她似乎在骂着："难道我四万万七千万的孩子，都是白生了吗？难道他们真像着了魔的狮子，一天到晚的睡着不醒吗？难道他们不知道自己的伟大的团结力量，去与残害母亲、剥削母亲的敌人斗争吗？难道他们不想将母亲从敌人手里救出来，把母亲也装饰起来，成为世界上一个最出色、最美丽、最令人尊敬的母亲吗？"朋友，听到没有母亲哀痛的哭吗？是的，是的，母亲骂得对，十分对！我们不能怪母亲好哭，只怪得我们之中出了败类，自己压制自己，眼睁睁的望着我们这位挺慈祥美丽的母亲，受着许多无谓的屈辱，和残暴的蹂躏！这真是我们做孩子们的不是了，简直连一位母亲都爱护不住了！

朋友，看呀！看呀！那名叫"帝国主义"的恶魔的面貌是多么难看呀！在中国许多神怪小说上，也寻不出一个妖精鬼怪的面貌，会有这些恶魔那样的狞恶可怕！满脸满身都是毛，好像他们并不是人，而是人类中会吃人的猩猩！他们的血口，张开起来，好似无底的深洞，几千几万几千万的人类，都会被它吞下去！他们的牙齿，尤其是那伸出口外的獠牙，十分锐利，发出可怕的白光！他们的手，不，不是手呀，而是僵硬硬的铁爪！那么难看的恶魔，那么狰狞可怕的恶魔！一、二、三、四、五，朋友，五个可怕的恶魔，正在包围着我们的母亲呀！

朋友，看呀，看到了没有？呸！那些恶魔将母亲搂住呢！用他们的血口，去亲她的嘴，她的脸，用他们的铁爪，去抓破她的乳头，她的可爱的肥肤！呀，看呀！那个戴着粉白的假面具的恶魔，在做什么？他弯身伏在母亲的胸前，用一支锐利的金管子，刺进，呀！刺进母亲的心口，他的血口，套到这金管子上，拼命的吸母亲的血液！母亲多么痛呵，痛得嘴唇都成白色了。噫，其他的恶魔也照样做吗？看！他们都拿出各种金的、铁的或橡皮的管子，套住在母亲身上被他们铁爪抓破流血的地方，都拼命吸起血液来了！母亲，你有多少血液，不要一下子就被他们吸干了吗？

嗄！那矮矮的恶魔，拿出一把屠刀来了！做什么？呸！恶魔！你敢割我们母亲的肉？你想杀死她？咳哟！不好了！一刀！拍的一刀！好大胆的恶魔，居然向我们母亲的左肩上砍下去！母亲的左壁，连着耳朵到颈，直到胸膛，都被砍下来了！砍下了身体的那么一大块——五分之一的那么一大块！母亲的血在涌流出来，她不能哭出声来，她的嘴唇只是在那里一张一张的动，她的眼泪和血在竟着涌流！朋友们！兄弟们！救救母亲呀！母亲快要死去了！

啊！那矮的恶魔怎么那样凶恶，竟将母亲那么一大块身体，就一口生吞下去，还在那里眈眈地望着，像一只饿虎向着驯羊一样的望着！恶魔！你还想砍，还想割，还想把我们的母亲整个吞下去？！兄弟们，无论如何不能与它干休！它砍下而且生吞下去母亲的那么一大块身体！母亲现在还像一个人吗，缺了五分之一的身体？美丽的母亲，变成一个血迹模糊肢体残缺的人了。兄弟们，无论如何，不能与它干休，大家冲上去，捉住那只恶魔，用铁拳痛痛的捶它，捶得它张开口来，吐出那块被生吞下去的母亲身体，才算，决不能让它在恶魔的肚子里消化了去，成了它的滋养料！我们一定要回来一个完整的母亲，绝对不能让她的肢体残缺呀！

呸！那是什么人？他们也是中国人，也是母亲的孩子？那么为什么去帮助恶魔来杀害自己的母亲呢？你们看！他们在恶魔持刀向母亲身上砍的时候，很快的就把砍下来的那块身体，双手捧到恶魔血口中去！他们用手拍拍恶魔的喉咙，使它快吞下去；现在又用手去摸摸恶魔的肚皮，增进它的胃之消化力，好让快点消化下去。他们都是所谓高贵的华人，怎样会那么恭顺的秉承恶魔的意旨行事？委曲求欢，丑态百出！可耻，可耻！傀儡，卖国贼！狗彘不食的东西！狗彘不食的东西！你们帮助恶魔来杀害自己的母亲，来杀害自己的兄弟，到底会得到什么好处？！我想你们这些无耻的人们呵！你们当傀儡、当汉奸、当走狗的代价，至多只能伏在恶魔的肛门边或小便上，去吸取它把母亲的肉，母亲的血消化完了排泄出来的一点粪渣和尿滴！那是多么可鄙弃的人生呵！

朋友，看！其余的恶魔，也都拔出刀来，馋涎欲滴地望着母亲的身体，难道也像矮的恶魔一样来分割母亲吗？啊！，不得了，他们如果都来操刀而割，母亲还能活命吗？她还不会立即死去吗？那时，我们不要变成了无母亲的孩子吗？咳！亡了母亲的孩子，不是到处更受人欺负和侮辱吗？朋友们，兄弟们，赶快起来，救救母亲呀！无论如何，不能让母亲死亡的呵！

朋友，你们以为我在说梦呓吗？不是的，不是的，我在呼喊着大家去救母亲呵！再迟些时，她就要死去了。

朋友，从崩溃毁灭中，救出中国来，从帝国主义恶魔生吞活剥下，救出我们垂死的母亲来，这是刻不容缓的了。但是，到底怎样去救呢？是不是由我们同胞中，选出几个最会做文章的人，写上一篇十分娓娓动听的文告或书信，去劝告那些恶魔停止侵略呢？还是挑选几个最会演说、最长于外交辞令的人，去向他们游说，说动他们的良心，自动的放下屠刀不再宰割中国呢？抑或挑选一些顶善哭泣的人，组成哭泣团，到他们面前去，长跪不起，哭个七日七夜，哭动他们的慈心，从中国撤手回去呢？再或者……我想不讲了，这些都不会丝毫有效的。哀求帝国主义不侵略和灭亡中国，那岂不等于哀求老虎不吃肉？那是再可笑也没有了。我想，欲求中国民族的独立解放，决不是哀告、跪求哭泣所能济事，而是唤起全国民众起来斗争，都手执武器，去与帝国主义进行神圣的民族革命战争，将他们打出中国去，这才是中国唯一的出路，也是我们救母亲的唯一方法，朋友们，你们说对不对呢？

因为中国对外战争的几次失利，真像倒霉的人一样，弄得自己不相信自己起来了。有些人简直没有一点民族自信心，认为中国是沉沦于万丈之深渊，永不能自拔，在帝国主义面前，中国渺小到像一个初出世的婴孩！我在三个月前，就会到一位先生，他的身体瘦弱，皮肤白皙，头上的发梳得很光亮，态度文雅。他大概是在军队中任个秘书之职，似乎是一个伤心国事的人。他特地来与我作了下列的谈话：

他："咳！中国真是危急极了！"

我："是的，危急已极，再如此下去，难免要亡国了。"

"唔，亡国，是的，中国迟早是要亡掉的。中国不会有办法，我想是无办法的。"他摇头的说，表示十分丧气的样子。

"先生为什么说出这样的话来？那里就会无办法。"我诘问他。

"中国无力量呀！你想帝国主义多么厉害呵！几百几千架飞机，炸弹和人一样高；还有毒瓦斯，一放起来，无论多少人，都要死光。你想中国拿什么东西去抵抗它？"他说时，现出恐惧的样子。

"帝国主义固然厉害，但全中国民众团结起来的斗争力量也是不可侮的啦！并且，还有……"我尚未说完，他就抢着说："不行不行，民众的力量，抵不住帝国主义的飞机大炮，中国不行，无办法，无办法的啦。"

"那照先生所说，我们只有坐在这里等着做亡国奴了！你不觉得那是可耻的懦夫思想吗？”我实在忍不住，有点气愤了。他睁大眼睛，呆望着我，很难为情的不作答声。

这位先生，很可怜的代表一部分鄙怯人们的思想，他们只看到帝国主义的飞机大炮，忘却自己民族伟大的斗争力量。照他的思想，中国似乎是命注定的要走印度、朝鲜的道路了，那还了得？！

中国真是无力自救吗？我绝不是那样想的，我认为中国是有自救的力量的。最近十几年来，中国民族，不是表示过它的斗争力量之不可侮吗？弥漫全国的“五卅”运动，是着实的教训了帝国主义，中国人也是人，不是猪和狗，不是可以随便屠杀的。省港罢工，在当时革命政权扶助之下，使香港变成了臭港，就是最老牌的帝国主义，也要屈服下来。以后北伐军到了湖北和江西，汉口和九江的租界，不是由我们自动收回了吗？在那时帝国主义在中国的威权，不是一落千丈吗？朋友，我现在又要来讲个故事了。就在北伐军到江西的时候，我在江西做工作，因有事去汉口，在九江又搭上一只J国轮船，而且十分凑巧，这只轮船，就是我那次由上海回来所搭乘的轮船。使我十分奇怪的，就是轮船上下管事人对乘客们的态度，显然是两样的了——从前是横蛮无理，现在是和气多了。我走到货舱去看一下，货舱依然是装满了糖包，但糖包上没有蹲着什么人。再走到统舱去看看，只见两边走栏的甲板上，躺着好几十个人。有些像是做工的，多数是像从乡间来的，有一位茶房正在开饭给他们吃呢。我为了好奇心，走到那茶房面前向他打了一个招呼，与他谈话：

我：“请问，这些人都是买了票吗？”

茶房：“他们那里买票，都是些穷人。”

我：“不买票也可以坐船吗？”

茶房：“马马虎虎的过去，不买票的人多呢！你看统舱里那些士兵，那个买了票的？”他用手向统舱里一指，我随着他指的方向望去，果就看见有十几个革命军兵士，围在一个茶房的木箱四旁，箱盖上摆着花生米，皮蛋，酱豆干等下酒菜，几个洋磁碗盛着酒，大家正在高兴地喝酒谈话呢。

我：“他们真都没有买票吗？”

茶房：“那里还会假的，北伐军一到汉口，他们就坐船不买票了。”

“从前的时候，不买票也行坐船吗？”我故意地问。

茶房：“那还了得，从前不买票，不但打得要命，还要抛到江里去！”

“抛到江里去？那岂不是要浸死人吃人命？”我又故意地问。

茶房笑说：“不是真抛到江里去浸死，而是将他吊一吊，吓一吓。不过这一吊也是一碗辣椒汤，不好尝的。”

我：“那么现在你们的船老板，为什么不那样做呢？”

茶房：“现在不敢那样做了，革命势力大了。”

我："我不懂那是怎样说的，请说清楚！"

茶房："那还不清楚吗？打了或吊了中国人，激动了公愤，工人罢下工来，他的轮船就会停住走不动了。那损失不比几个人不买票的损失更大吗？"

我："依你所说，那外国人也有点怕中国人了？"

茶房："不能说怕，也不能说不怕，唔，照近来情形看，似乎有点怕中国人了。哈哈！"茶房笑起来了。

我与他再点点头道别，我暗自欢喜地走进来。我心里想，今天可惜不遇着那肥大头，如遇着，至少也要奚落他几句。

我走到官舱的饭厅上去看看，四壁上除挂了一些字画外，却挂了一块木板布告。布告上的字很大，远处都可以看清楚。

第号国民革命军总司令布告：为布告事。照得近来有车人及民众搭乘外国轮船不买票，实属非是！

特出布告，仰该军民人等，以后搭乘轮船，均须照章买票，不得有违！

切切此布。

啊啊，外国轮船，也有挂中国布告之一天，在中国民众与兵、工奋斗之下，藤条、竹片和绳子，也都失去从前的威力了。

朋友，不幸得很，从此以后，中国又走上了厄运，环境又一天天的恶劣起来了。经过"五三"的济南惨案，直到"九一八"，日本帝国主义公然出兵占领了中国东北四省，就是我在上面所说的那矮的恶魔，一刀砍下并生吞下我们母亲五分之一的身体。这是由于中国民族革命运动，受了挫折，对于外国进攻采取了“不抵抗主义”，没有积极唤起国人自救所致！但是，朋友，接着这一不幸的事件而起的，却来了全国汹涌的抗日救国运动，东北四省前仆后继的义勇军的抗战，以及“一二八”有名的上海战争。这些是给了骄横一世的日本军阀一个严重的教训，并在全世界人类面前宣告，中国的人民和兵士，不是生番，不是野人，而是有爱国心的，而是能够战斗的，能够为保卫中国而牺牲的。谁要想将有四千年历史与四万万人口的中国民族吞噬下去，我们是会与他们拼命战斗到最后的一人！

朋友，虽然在我们之中，有汉奸，有傀儡，有卖国贼，他们认仇作父，为虎作伥；但他们那班可耻的人，终竟是少数，他们已经受到国人的抨击和唾弃，而渐趋于可鄙的结局。大多数的中国人，有良心有民族热情的中国人，仍然是热心爱护自己的国家的。现在不是有成千成万的人在那里决死战斗吗？他们决不让中国被帝国主义所灭亡，决不让自己和子孙们做亡国奴。朋友，我相信中国民族必能从战斗中获救，这岂是我们的自欺自誉吗？

不错，目前的中国，固然是江山破碎，国弊民穷，但谁能断言，中国没有一个光明的前途呢？不，决不会的，我们相信，中国一定有个可赞美的光明前途。中国民族在很早以前，就造起了一座万里长城和开凿了几千里的运河，这就证明中国民族伟大无比的创造力。中国在战斗之中一旦斩去了帝国主义的锁链，肃清自己阵线内的汉奸卖国贼，得到了自由与解放，这种创造力，将会无限的发挥出来。到那时，中国的面貌将会被我们改造一新。所有贫穷和灾荒，混乱和仇杀，饥饿和寒冷，疾病和瘟疫，迷信和愚昧，以及那慢性的杀灭中国民族的鸦片毒物，这些等等都是帝国主义带给我们可憎的赠品，将来也要随着帝国主义的赶走而离去中国了。朋友，我相信，到那时，到处都是活跃的创造，到处都是日新月异的进步，欢歌将代替了悲叹，笑脸将代替了哭脸，富裕将代替了贫穷，康健将代替了疾苦，智慧将代替了愚昧，友爱将代替了仇杀，生之快乐将代替了死之悲哀，明媚的花园将代替了凄凉的荒地！这时，我们民族就可以无愧色的立在人类的面前，而生育我们的母亲，也会最美丽地装饰起来，与世界上各位母亲平等的携手了。

这么光荣的一天，决不在辽远的将来，而在很近的将来，我们可以这样相信的，朋友！

朋友，我的话说得太噜嗦厌听了吧！好，我只说下面几句了。我老实的告诉你们，我爱护中国之热诚，还是如小学生时代一样的真诚无伪；我要打倒帝国主义为中国民族解放之心还是火一般的炽烈。不过，现在我是一个待决之囚呀！我没有机会为中国民族尽力了，我今日写这封信，是我为民族热情所感，用文字来作一次为垂危的中国的呼喊，虽然我的呼喊，声音十分微弱，有如一只将死之鸟的哀鸣。

啊！我虽然不能实际的为中国奋斗，为中国民族奋斗，但我的心总是日夜祷祝着中国民族在帝国主义羁绊之下解放出来之早日成功！假如我还能生存，那我生存一天就要为中国呼喊一天；假如我不能生存——死了，我流血的地方，或者我瘗骨的地方，或许会长出一朵可爱的花来，这朵花你们就看作是我的精诚的寄托吧！在微风的吹拂中，如果那朵花是上下点头，那就可视为我对于为中国民族解放奋斗的爱国志士们在致以热诚的敬礼；如果那朵花是左右摇摆，那就可视为我在提劲儿唱着革命之歌，鼓励战士们前进啦！

亲爱的朋友们，不要悲观，不要畏馁，要奋斗！要持久的艰苦的奋斗！把各人所有的智慧才能，都提供于民族的拯救吧！无论如何，我们决不能让伟大的可爱的中国，灭亡于帝国主义的肮脏的手里！

你们挚诚的祥松

五月二日写于囚室

囚人祥松将上信写好了，又从头到尾仔细修改了一次，自以为没有什么大毛病了，将它折好，套入一个大信封里。

信封上写着："寄送不知其名的朋友们均启"。这封信，他知道是无法寄递的，他扯开书桌的抽屉，将信放在里面。然后拖起那双戴了铁镣的脚，钉铛钉铛走到他的铁床边就倒下去睡了。

他往日的睡，总是做着许多恶梦，今晚他或者能安睡一夜吧！我们盼望他能够安睡，不做一点梦，或者只做个甜蜜的梦。